DU MÊME AUTEUR

Madame, Le Cherche Midi, 2019.

MUSCLÉE

Alix Laine

MUSCLÉE

roman

Robert Laffont

ISBN : 978-2-221-25960-3
Dépôt légal : avril 2022
Éditions Robert Laffont – 92, avenue de France, 75013 Paris

À mes filles, pour qu'elles se fassent entendre.
À mon fils, pour qu'il sache écouter.

« On peut consentir contre sa volonté. »

Homère

1.

La première fois que j'ai battu le pavé de Manhattan, j'ai eu l'impression de manquer d'air, perdue au milieu de cette foule qui marche vite et droit dans des rues parfaitement perpendiculaires. Quand on vit à New York, il faut impérativement rester dans le mouvement, faire corps avec cette masse qui jamais ne marque de pause.

L'idée que je me faisais des Américains me venait tout droit des films – clichés en pagaille, chapeaux de cow-boy et bottes pointues. Je n'imaginais pas la richesse du melting-pot new-yorkais, unique au monde et source d'une énergie débordante propre à la Grosse Pomme.

Je venais de quitter Paris en laissant derrière moi ma famille, mes amis, une vie confortable et douce. J'aurais pu avoir peur, renoncer au moment de faire le grand saut, laisser tomber et rester dans mon cocon douillet. Mais j'avais remué ciel et terre pour partir, et j'en avais une envie folle. Je ne redoutais ni la solitude, ni l'éloignement, ni l'inconnu, ni la tâche qui m'attendait, moi, la petite fille privilégiée, la bonne élève.

Nous sommes en l'an 2000. J'ai 20 ans. Je rêve de ça. Fuir, recommencer à zéro, remettre mes pendules à l'heure ailleurs. Surtout, je rêve de grandeur, d'Amérique. Je veux devenir journaliste, mais autrement. Le cursus français classique, école reconnue par l'État avec carte de presse garantie à la fin, ne m'attire pas plus que ça. Je vois plus loin. Postuler à Washington, Moscou ou Tokyo. J'ai besoin de respirer bruyamment, avec des bouffées profondes, de gonfler mon ventre de cet air d'ailleurs. Je veux grandir, en somme, même si je suis majeure depuis déjà deux ans.

Mon père a insisté pour que je prenne une chambre sur le campus de l'université. Situé aux portes de Harlem, dans le nord de Manhattan, le prestigieux établissement accueille essentiellement des étudiants américains venant des quatre coins des États-Unis, mais aussi quelques jeunes étrangers chanceux, comme moi. Dans cette université et tout autour, on croise des « *undergrads* » (l'équivalent des lycéens) et des « *graduates* », qui poursuivent leurs études au-delà du baccalauréat. Je fais désormais partie de la seconde catégorie.

Je suis, sans me vanter, un « bon élément ». Mention « Très bien » au bac dans un lycée du centre parisien, diplômée de Sciences Po Paris – mon CV est efficace, quoique lisse. Je cherchais des stages dans des rédactions pour épicer mon parcours lorsqu'un grand reporter m'a parlé de « l'école qui forme les meilleurs journalistes au monde ». Dans la foulée, sur un coup de tête, j'ai passé l'examen pour y entrer. Et réussi du premier coup.

Mon père a été pris de court ; il a tiqué en voyant le montant des frais d'inscription, faramineux. Il s'est apaisé quand je lui ai parlé de bourses de mérite pour les étudiants étrangers, puis il m'a félicitée, les larmes aux yeux. C'est lui et personne d'autre qui s'assurerait de mon installation à New York.

Nous y voilà.

Lorsque nous visitons une première chambre à louer, je ressens un coup de blues. C'est terriblement sale, et je dois partager kitchenette et salle de bains avec deux autres étudiantes. Mon père me regarde avec tendresse et désolation.

« Que veux-tu, c'est ça, la vie étudiante…

— Mais regarde l'état du lavabo… Il est irrécupérable !

— Attends de voir les autres. On sera peut-être agréablement surpris ? »

Mais les autres locations sont du même acabit.

Touché par mes regards suppliants, mon père cède. Comme toujours. Il me dégote un minuscule studio avec salle de douche intégrée dans le quartier de l'Upper West Side, là où Woody Allen a tourné la plupart de ses films. L'unique pièce comporte un coin cuisine avec réfrigérateur, ainsi qu'un placard juste assez grand pour ranger quelques vêtements. Même si elle est orientée plein sud, on ne peut pas dire que la chambre soit baignée de lumière. Nous sommes au deuxième étage, avec vue sur l'appartement d'en face. Mais je m'y plais déjà. Les deux grandes fenêtres donnent sur un bout de rue très calme. On est suffisamment éloigné de la plus proche artère pour ne pas trop souffrir du bruit de la ville, ce qui est un avantage à New York. Rassuré par le fait que le propriétaire habite lui-même au cinquième et dernier étage, Papa a fini par se laisser convaincre.

« Si tu as une fuite, tu n'auras qu'à monter le voir ! » se réjouit-il.

Le prix, sans surprise, est élevé, et mon père, qui est avocat, a beau tenter de négocier, il se heurte à un mur. Il finit par signer le contrat, pestant contre cette fille qui non seulement part s'installer au bout du monde pour faire des études hors de prix, mais prétend aussi habiter dans un studio dont le loyer équivaut à celui d'un deux-pièces à Paris.

« Non mais quelle idée, vraiment ! Marie, tu te rends compte que tu as beaucoup de chance, j'espère ?

— Merci, mon Papa chéri.

— Tu as 20 ans : je ne devrais pas avoir à t'entretenir comme ça...

— Je te rappelle que j'ai une bourse qui finance la moitié de mon master ! Ce n'est pas si mal.

— L'important, c'est que tu sois heureuse, mon ange. Tu le seras ici, n'est-ce pas ? Tu ne regrettes pas ?

— Regretter ? Mais j'ai tellement hâte ! Allez, viens, maintenant il faut m'acheter un lit, des draps, un bureau, une bouilloire, une table basse, des coussins, une machine à café, un balai, des serpillières... »

Plus ma liste s'allonge, plus mon père rit. De le voir s'esclaffer ainsi à gorge déployée, les paumes des mains plaquées sur son gros ventre, la tête légèrement renversée en arrière, j'ai un pincement au cœur. Dans quelques jours, il partira. Je n'en montre rien et continue d'égrener mon interminable inventaire.

« Des casseroles, des éponges, des serviettes, des torchons, un aspirateur...

— OK, OK, OK ! Mais par quoi on commence ? On ne sait même pas où acheter du sel dans cette ville ! »

Quelques heures plus tard, pour nous récompenser de tous nos efforts, nous nous réfugions dans un *diner* – ces restaurants américains typiques où l'on dévore, au déjeuner comme au dîner, hamburgers, bagels au *cream cheese* et pancakes. Le tout arrosé de boissons gazeuses indigestes.

Papa, qui au fil des années n'a cessé de prendre de l'embonpoint, jusqu'à entrer dans la catégorie des « personnes en surpoids », refuse obstinément de suivre un régime.

« Perdre mon ventre, ce serait comme perdre mon caractère, ma bonhomie, je ne serais plus le même ! »

La vérité, je la connais : il aime trop la bonne chère. Et aussi déboucher un grand crû. Son métier et sa génération font qu'il enchaîne les déjeuners d'affaires toute la semaine. Et pas question de boire trop d'eau – « ça fait rouiller ».

Sauf que, l'été dernier, en l'observant sur la plage en maillot de bain, je n'ai pu m'empêcher de lui faire remarquer qu'il serait temps de ralentir. Bien sûr, j'y ai mis les formes, soulignant la beauté de ses yeux et son sourire irrésistible… Mais cela n'a pas suffi : il était furieux, le tremblement de ses doigts le trahissait. Ma mère est intervenue dans la conversation pour y mettre un terme.

« Laisse ton père tranquille ! Moi, je l'aime comme ça. »

Et nous sommes passés à autre chose.

Ainsi va notre relation : nous sommes complices, mais intransigeants l'un envers l'autre. Il m'adore, mais il est dur avec moi. Je le lui rends bien.

Nous voici de l'autre côté de l'Atlantique, immergés dans cette ville qui va devenir la mienne, mais qui m'est encore étrangère. J'aime lui prendre le bras en traversant les rues. J'aime marcher à ses côtés pendant des heures dans le flot de tous ces gens qui avancent. Nous restons collés l'un à l'autre, pour ne pas nous perdre, mais aussi pour nous rassurer mine de rien. C'est bon de pouvoir passer du temps seule avec lui. D'autant que ce temps est compté. Il est mon meilleur allié depuis que je suis née.

Quand j'étais petite, Papa travaillait beaucoup. Lorsqu'il était enfin disponible pour nous, le week-end, je devais le partager avec ma mère et, hélas, mon petit frère. Je suis née trois ans avant Clément, un garçon hyperactif qui réclame dix fois plus d'attention que tout autre enfant. Moi, la petite fille sage, combien de fois ai-je dû m'effacer pour laisser Clément dans la lumière ? Clément avait toujours une histoire ou une blague à raconter, un exploit à faire valoir. Il avait toujours un bobo, une maladie à soigner, un chagrin à consoler…

« Marie, tu peux laisser ton frère parler ? »

« Marie, tu vois bien que Clément a un souci ! »

« Attends, Marie, Clément m'appelle… »

J'ai grandi ainsi, sans trop me poser de questions.

À l'adolescence, je n'ai pas davantage osé m'affirmer. C'est comme s'il m'avait été impossible d'affronter ma mère. Comme si, souterrainement, j'avais senti qu'en existant trop fort je risquais de réveiller chez elle de vieilles souffrances. Des douleurs enfouies. Ces douleurs dont on ne doit plus parler.

Ma sœur, leur fille aînée, était morte en très bas âge. À seulement quelques semaines, elle avait cessé de respirer. Lola-Marie. Ce bébé tant attendu qui avait précipité leur mariage. Sur la table de chevet de ma mère, il reste une photo d'elle à sa naissance, une photo que j'ai toujours connue. Elle était mignonne, Lola-Marie. Elle n'aurait pas dû mourir. On l'avait couchée sur le ventre ; on ne parlait pas, à l'époque, de la mort subite du nourrisson. C'était un premier enfant, personne n'avait prévenu mes parents.

Au réveil, on avait trouvé la petite froide comme une pierre. Personne ne s'était inquiété de son silence pendant la nuit. Elle était si sage, la petite Lola ! On avait pensé qu'elle dormait.

Pour conjurer le sort, ma mère était tout de suite retombée enceinte. Quelle chance : une fille ! Elle me nomma Marie-Lola, en hommage à ma grande sœur défunte. Erreur. Mes parents ne savaient pas alors à quel point prononcer ces deux prénoms leur ferait mal. Comme un couteau qui leur tailladait la langue.

Malgré mon état civil, ils finirent par m'appeler simplement Marie. C'était déjà ça.

À peine arrivons-nous dans notre chambre d'hôtel à Soho, un quartier très touristique du sud de

Manhattan, que j'entends le téléphone sonner. C'est ma mère ; elle s'inquiète.

« Alors, chérie, vous en êtes où ? Vous avez avancé avec l'installation ? Quand passes-tu ta première nuit chez toi ?

— Tout avance bien, Maman. Papa est crevé à force d'arpenter la ville en long et en large ! Il rentre demain déjà. Ce soir, nous dînons dans un super restaurant italien près de l'hôtel.

— Tu me manques. Heureusement que j'ai encore ton frère à la maison. Tu me passes Papa ? »

D'aussi loin que je me souvienne, mes parents ne se sont jamais appelés par leurs prénoms, Albert et Mathilde. Un couple singulier, avec de rares hauts et de longues périodes de bas, des disputes sans fin sur les « amies » de Papa… Mon père, en digne avocat, avait toujours réponse à tout, et surtout le dernier mot. À court d'arguments, ma mère finissait par abdiquer. J'aurais préféré qu'ils divorcent, histoire d'être tranquille.

Pendant que mon père raconte une seconde fois notre journée au téléphone, je file sous la douche. Ça y est : le temps qui reste avant de me retrouver seule à New York se compte maintenant en heures. Demain, dimanche, ma nouvelle vie commence, une vie d'adulte, sans filet. Fini le repas chaud qui m'attendait tous les soirs, mes affaires sales qui réapparaissaient propres et repassées dans mon placard.

Et si je tombe malade, qui s'occupera d'appeler un médecin ?

Au cours du dîner, les silences se multiplient. À croire qu'il n'y a plus grand-chose à dire, malgré ce délicieux rouge de Toscane. Une fois l'addition réclamée, Papa plonge ses yeux bleus dans les miens. J'y décèle un mélange d'inquiétude et de compassion.

« Comment te sens-tu, ma fille ?

— C'est-à-dire ?

— Es-tu prête ? Ta rentrée est lundi. Tu sais où tu dois aller ?

— Voyons, Papa ! Je ne suis plus une gamine !

— Tu resteras toujours ma petite fille, tu sais. »

Sa voix se casse. C'est l'émotion. Je préfère détourner le regard.

« Marie, la vie est pleine de dangers auxquels on n'est pas préparé. Pour les affronter, tu devras t'appuyer sur les valeurs que nous t'avons transmises, avec ta mère.

— Papa, arrête, tu m'embarrasses ! Tu ne parles jamais comme ça.

— Je dois bien te dire les choses. Tu n'as qu'à m'écouter sans parler, si cela te gêne. Si tu as le moindre souci, dis-toi bien que je ne suis qu'à sept heures de vol. Je saute dans un avion et j'arrive. Ne l'oublie jamais. Et surtout, n'hésite pas à décrocher ton téléphone. Il y aura toujours quelqu'un au bout du fil, et nous ne te jugerons pas.

— Mais enfin, de quoi tu parles ? Il ne va rien se passer !

— Beaucoup de belles choses vont t'arriver, Marie, et j'espère que tu ne manqueras pas de les partager avec nous. Mais si tu as un problème, si tu es triste, si tu es découragée, si une situation te met mal à l'aise, je veux aussi que tu me le dises. On est d'accord ? »

J'avais quitté l'âge de l'insouciance, mais j'étais encore si naïve.

Je ne voyais pas où il voulait en venir.

Je ne me méfiais de rien.

Jamais je n'ai décroché mon téléphone.

2.

J'ai calculé : c'est ma quinzième rentrée scolaire depuis le cours préparatoire. Cela fait donc quinze ans que je me réveille en sursaut, la boule au ventre. Quinze fois que mes jambes flageolent, que mon appétit, pourtant légendaire, est coupé, que je n'arrive pas à dompter mes cheveux, qui s'obstinent, une fois attachés par un élastique, à se dresser en bosses irrégulières au sommet de ma tête. Côté vestimentaire aussi, j'ai toujours raté ma rentrée. Soit trop apprêtée, comme si la fin des vacances était une fête, soit négligée pour paraître cool – mais là encore, ça tombe toujours à plat. La rentrée, ce n'est pas ma journée.

J'ai repéré les lieux avec Papa la semaine précédente, je connais par cœur le trajet, les huit arrêts de métro, les deux sorties qui se trouvent en face de l'entrée majestueuse de l'université, de part et d'autre de la grande avenue. Le portail en fer forgé est gardé par deux statues de pierre représentant des personnages grecs à demi vêtus et portant des livres, symboles de la transmission du savoir. Que vais-je apprendre cette année ?

L'allée pavée mène à différents bâtiments dont les architectures sont plus ou moins modernes. L'aile principale ressemble à un palais mythologique coiffé d'un dôme : c'est la bibliothèque, avec sa vingtaine de colonnes surplombant un vaste et magistral escalier. Tous les étudiants de toutes les écoles qui composent l'université se rassembleront ici pour la traditionnelle remise des diplômes, au mois de juin.

L'école de journalisme est juste en face. Le bâtiment date des années 1970, et il est bien plus modeste que les autres. Pour cause : les dons des anciens étudiants font pâle figure face à ceux dont bénéficient les écoles d'économie. Il faut dire que les niveaux de salaire ne sont pas les mêmes... L'édifice est peut-être moins luxueux, mais il est tout aussi impressionnant pour la jeune Française que je suis. Je gravis les quelques marches avec appréhension et me faufile dans l'entrée à la suite d'un groupe d'élèves, tremblante.

Je ne sais pas du tout à quoi m'attendre. Les étudiants que je croise dans le hall me sourient. Certains me saluent d'un « *How are you ? What's your name ? Where do you come from ?* » La conversation s'engage naturellement après le cri d'admiration systématiquement poussé lorsque je réponds que je viens de

Paris. Ce petit cri, je ne cesserai de l'entendre au long des prochains mois chaque fois que je me présenterai à une nouvelle personne. Pour une raison qui m'échappe, les Américains sont fascinés par la France et par Paris. Est-ce notre gastronomie ? Notre histoire et notre culture ? Notre romantisme ? Notre liberté parfois subversive ? Un peu de tout ça, et beaucoup d'autres choses encore.

La première réunion se tient dans l'immense salle de conférence où se massent les 250 nouveaux élèves, journalistes novices ou confirmés. Je m'installe au premier rang, à l'une des extrémités. Une vieille habitude de première de la classe. Je regrette de ne pas avoir pris un pull : il fait très froid. Les Américains raffolent de l'air climatisé. Je me recroqueville sur ma chaise.

C'est alors que s'approche du pupitre, sur l'estrade, le directeur de l'école, le Dean John Marshall. Son visage m'est familier : j'ai repéré sa photo sur le site Internet de l'université. Il doit avoir le même âge que mon père, et, comme lui, il souffre de surpoids. Son ventre rond déborde de sa ceinture, comprimant dangereusement une chemise blanche dont les boutons pourraient sauter à tout instant. Je souris. Le front ridé, plissé par la concentration sous ses cheveux grisonnants, le Dean Marshall commence par balayer la salle d'un regard bienveillant. Le silence se fait naturellement. Chacun mesure l'autorité de son nouveau chef. En quelques secondes, tous les murmures se sont tus, et l'homme se décide à prendre la parole.

« Bienvenue à tous. » Il marque une pause, avant de reprendre :

« Vous êtes exactement 250 élèves. 225 d'entre vous viennent de tous les coins des États-Unis, le reste de quelques pays étrangers – Allemagne, France, Tunisie, Australie, Suède, Brésil, pour n'en citer que quelques-uns. »

Parce qu'il vient de prononcer le nom de mon pays, j'ai l'impression qu'il s'adresse à moi. Nouvelle respiration, calculée.

« Jeunes gens, vous n'êtes pas ici par hasard. Vous avez le potentiel pour devenir un ou une reporter d'exception. Vous le savez déjà, vous l'avez choisie pour ça : cette école forme les meilleurs journalistes au monde. Depuis sa création au début du XXe siècle, sa réputation n'a jamais été entachée. Ce sera votre devoir que de contribuer à son rayonnement. »

Quelques murmures de satisfaction, des gloussements de fierté se font entendre ici et là. Silencieusement, je mesure moi aussi ma chance de faire désormais partie de cette prestigieuse communauté d'étudiants. J'ai encore du mal à y croire. Moi, la bonne élève de service qui n'assumait pas ses notes, qui n'aimait pas sortir du lot, qui voulait être *comme les autres*, se fondre dans la masse, marcher au même rythme et suivre le mouvement… Assise parmi mes condisciples à boire les paroles de cet homme malgré l'évidente flatterie, je me sens bien. À ma place. Je fais corps avec le reste de la salle.

« Notre master est particulièrement court par rapport à ceux des autres écoles. Mais ne vous méprenez pas : vous abattrez autant de travail que les autres. Vous travaillerez d'arrache-pied, jour et nuit s'il le faut ; je sais que chacun d'entre vous en est capable. J'insiste en premier lieu sur votre présence indispensable à tous les cours, que ce soit en amphithéâtre ou en conférence. Je ne tolérerai aucune absence – sauf cas grave. Encore une fois, cette année est *votre* année. Elle va passer en un claquement de doigts, il faut en profiter au maximum. Pour ma part, je n'enseigne pas, mais vous me croiserez tous les jours dans les couloirs. Et je viendrai assister à certains cours. »

Le Dean rend ensuite hommage aux professeurs, dont beaucoup travaillent dans des médias prestigieux.

« Dernière chose, et pas la moindre : prenez bien conscience de là où vous êtes. Pas l'école de journalisme, pas l'université... Vous êtes à New York ! Ce sera votre terrain de jeu pendant un an. New York, c'est et ce n'est pas les États-Unis. C'est la Grosse Pomme, celle que sont venues croquer des générations et des générations gourmandes de vivre le rêve américain. Aimez New York, parcourez-la sans relâche, explorez-la, distillez-la. Allez où vous n'auriez jamais osé poser un pied. Parlez aux New-Yorkais, même à ceux qui ne comprennent pas votre langue. Adaptez-vous, fondez-vous dans la masse, vivez votre rêve, quel qu'il soit. Soyez heureux ici – c'est tout ce que je vous souhaite. »

Ce vibrant éloge galvanise l'auditoire. Dans un seul et même élan de ferveur, les 250 personnes qui font face au Dean tombent elles aussi éperdument amoureuses de New York. J'en suis bouleversée. L'orateur, content de son effet, paraît si sensible. Il sait charmer comme nul autre. Un tonnerre d'applaudissements met un point final à son intervention. L'homme, sous ses airs austères, goûte au plaisir de la reconnaissance, cela se voit : un large sourire égaie son visage, et il hoche la tête avec satisfaction.

Dans un brouhaha sans nom, nous nous levons. La vraie rentrée n'est que demain ; aujourd'hui, nous sommes censés prendre nos marques. Dans une demi-heure, la responsable des étudiants étrangers recevra les concernés dans une salle au deuxième étage.

Je jette des regards en biais aux élèves qui se regroupent naturellement et parlent comme s'ils se connaissaient depuis toujours. Moi, je n'ai jamais su engager la conversation avec des inconnus. Je n'ose pas me mêler à eux ; après avoir rasé un mur, je m'isole dans un coin et fais mine de chercher quelque chose dans mon sac. Le nez baissé et le regard concentré, je suis sûre que personne ne viendra m'adresser la parole.

C'est plus fort que moi : mon cœur se met à battre plus vite et plus fort, je sens la chaleur gagner mes joues. Damnée timidité qui me poursuit depuis l'enfance. Je ne suis à l'aise qu'en compagnie de ceux que je connais déjà. La honte m'envahit. Je la sens monter des extrémités de mon corps vers mon torse. Mes mains se glacent, des sueurs me submergent, je me mets à trembler, mon cœur bat la chamade. J'ai peur que l'on me croie folle. Pourtant, en réalité, personne ne prête attention à moi.

Je me dirige vers les toilettes ; cela m'occupera bien pendant cinq minutes. Le temps s'allonge. Puis, faisant mine de chercher le deuxième étage, je m'engouffre dans les escaliers. Arrivée à la porte de la salle quinze minutes avant l'heure fixée, je m'assieds par terre, tête baissée et dos voûté. Je sors un journal et commence à lire les gros titres sans rien comprendre. Si je n'y mets pas du mien, je vais passer l'année entière toute seule. Qu'est-ce que je suis venue faire ici, bon Dieu ?…

C'est alors qu'une voix féminine me sort de mes idées noires.

« *Hi there, you're early*[1] ! »

La quarantaine, rousse avec une peau que l'on dirait transparente, c'est Emmy Simpson, la

---

1. « Bonjour, tu es en avance ! »

responsable des étudiants étrangers. J'ai repéré sa photo ainsi que son CV sur le site de l'université, et nous avons échangé il y a quelques semaines. Elle est diplômée de l'école depuis quinze ans, mais j'imagine qu'elle ne s'est jamais résolue à la quitter. D'origine irlandaise, elle dispense chaque semaine un cours de culture américaine, une matière fourre-tout où l'on trouve de l'histoire, de la politique, des arts – et beaucoup de bla-bla sur la spécificité et la grandeur des États-Unis.

Ne comprenant pas un traître mot à ce mélange d'accents irlandais et américain, je lui demande honteusement de répéter.

« Tu dois être Marie ? me dit-elle. Je reconnais ton accent français... J'adore la France ! Et j'adore Paris !

— Vous y êtes déjà allée ?

— Non, mais j'en rêve. Entre, si tu veux, ou bien reviens dans dix minutes. Maintenant, tu sais où est notre salle de classe !

— Je vais rester, merci.

— J'ai l'impression que tu es un peu perdue, non ?... Comment est ton anglais ? Je sais que tu as passé un test avant d'être admise ici, mais parfois il y a une grosse différence entre l'écrit et l'oral... »

Je n'ai de nouveau rien compris ou presque à ce qu'Emmy vient de dire. J'opte donc pour un hochement de tête, qui se révèle une réponse à peu près appropriée dans toutes les situations. Emmy me regarde avec empathie, puis m'abandonne pour aller se préparer. Les yeux dans le vague, je me rassieds.

Les élèves arrivent au compte-gouttes. Ils sont manifestement ravis d'être là. Chaque nouvelle entrée s'accompagne d'un jovial « *Hello* », ou « *Good morning* » pour les plus civils. Je prends sur moi et réponds systématiquement par un large sourire. Je ne devrais pas rester assise comme une potiche. Les uns et les autres se meuvent à travers la salle pour se saluer ; on dirait qu'ils se connaissent déjà tous. De nouveau, je me trouve isolée. Heureusement, Emmy revient et demande à chacun de prendre place en formant un cercle autour d'elle. C'est une habitude, aux États-Unis : les cours sont un long dialogue entre le professeur et les élèves. Nous commençons par nous présenter. Quand arrive mon tour, j'ai du mal à respirer. Ma bouche est sèche, et mes joues s'enflamment. Lorsque j'évoque Paris, des soupirs d'admiration ponctuent ma courte phrase et me réconfortent. Je souffle un peu.

Par quel miracle suis-je arrivée là ? Ces élèves étrangers parlent un anglais quasi parfait. D'abord, il y a les « étrangers anglophones mais nés hors des États-Unis » : Canadiens, Australiens, Britanniques. Les autres sont presque tous bilingues, à l'exception d'un certain Zev, Israélien à la bouille sympathique, et d'Aiko, une Japonaise très réservée.

Emmy reprend en substance le discours du Dean Marshall, mais en version plus patriotique. Elle nous fait même écouter l'hymne américain, la main posée sur le cœur, les yeux à demi fermés, pour rendre hommage à ce grand pays de la diversité. Dans son élan passionné, la jeune femme déclare sa flamme à New York, cette ville que nous devrons fouiller, disséquer, retourner pour en livrer les secrets.

« New York est la ville du reportage, de l'enquête journalistique. Chaque jour, elle produit des milliers de *stories*, des informations bonnes à raconter comme des histoires. Des histoires de riches et de pauvres, des histoires de races et de racismes, de cultures et d'incultures, de politique, de finance aussi ; des meurtres, des violences en tous genres, sans oublier les bonnes nouvelles, les miracles, les sauvetages, l'entraide. Tout arrive, ici. Vous aurez de quoi faire, vous, les apprentis journalistes… »

Oui, tout peut arriver.

3.

Il faut toujours se méfier des amitiés trop soudaines. J'aurais dû y penser lorsque Heather m'a proposé de prendre un café...

Après deux semaines de cours, je ne me suis liée avec personne au sein de l'école. Heureusement, je connais quelques Français de mon âge qui habitent à New York et avec qui je suis allée dîner deux ou trois fois. Mais, à la fin d'un cours, lorsque les étudiants discutent joyeusement en attendant le suivant, je me tiens à l'écart. C'est dans ce contexte que la proposition de Heather illumine naturellement mon horizon : je n'attendais que cela !

« *Hello !* J'ai vu que nous étions toutes les deux dans le cours de Miss Livingstone. Tu es partante pour prendre un café avant d'aller dans la salle ? Je rêve d'un *latte*...

— *Oh yes !* »

N'étant pas tout à fait à l'aise avec mon niveau d'anglais, je décide de limiter le nombre de mots dans mes réponses. Heather semble de toute façon ravie de parler pour deux. Après m'avoir vaguement interrogée sur mes origines – « *I LOVE France !* » –, elle enchaîne avec une longue présentation d'elle-même. J'apprends ainsi que cette blonde au regard océanique et dont la peau est parsemée de taches de rousseur, vient d'une famille WASP de Boston.

Les WASP, ou « White Anglo-Saxon Protestants », sont ces familles américaines qui descendent des immigrants protestants d'Europe du Nord et de l'Ouest, et qui se sont installées sur le continent depuis les premières colonies anglaises du XVIIIe siècle.

Heather a étudié dans les meilleures écoles et universités de la côte Est avant de terminer son cursus ici, malgré les réserves de ses parents, qui ambitionnaient pour leur fille une autre carrière que le journalisme.

« Cela dit, glisse Heather avec un sourire en coin, je vise plus un beau mariage qu'une belle carrière ! »

Et elle éclate de rire.

Comme mon cerveau comprend avec un temps de retard – le temps de traduire en français –, je ne réagis pas spontanément. D'ailleurs, comment réagir ?

Heather n'attend pas ; elle poursuit son monologue.

« En même temps, je ne suis pas très branchée mariage... Mes parents ont divorcé quand j'avais 12 ans, et ils ne peuvent pas se supporter.

— Ah bon ? »

Je feins de me préoccuper de cette réponse pour qu'elle continue de parler.

« Oui, depuis que mon père a refait sa vie avec sa secrétaire, ma mère boit plus que de raison. Enfin, là, j'en dis peut-être trop ? Je ne voudrais pas t'effrayer ! Tes parents sont encore ensemble ?

— Oui. »

Heather masque à peine sa déception. Elle semble clairement préférer les enfants de divorcés, comme elle. Ils se comprennent.

« Ne t'inquiète pas : ils ont encore le temps de divorcer… Non, je plaisante ! Ne me prends pas au sérieux. Dis donc, il faut qu'on file. Tu veux boire une bière plus tard ?

— Ce soir, je ne peux pas. Mais une autre fois, avec plaisir ! Ce week-end peut-être ? »

Je préfère passer la soirée seule. Mais Heather ne le comprendrait pas. Elle se sent obligée de me proposer quelque chose.

« Je profite des derniers rayons de soleil de septembre pour aller dans ma maison de famille à Cape Cod. Viens avec moi, si ça te dit, on a une chambre d'amis. Des copains de mes parents me prêtent une voiture, on y sera en quatre heures et demie. Tu sais conduire ? On pourra se relayer si je suis fatiguée.

— Euh… Pourquoi pas ? »

En réalité, je me dis qu'il sera toujours temps d'annuler en prétextant une maladie soudaine. Je n'ai même pas vraiment saisi où elle comptait m'emmener. Par ailleurs, contrairement aux Américains, je trouve ça fou de s'infliger dix heures de voiture en un week-end.

Je mentirais si j'affirmais que Heather a insisté pour que je l'accompagne à Cape Cod...

En fait, elle m'a juste rappelé le jeudi, l'air de rien, que l'invitation tenait toujours et que la météo s'annonçait des plus favorables. Moi qui n'avais rien prévu du tout, je n'ai pas eu le courage de décliner son offre.

Je me retrouve donc enfoncée dans le siège passager d'une Ford Contour bleu azur, une voiture familiale typiquement américaine, avec des sièges en cuir beige impeccables, tout équipée, air conditionné à fond.

Heather aime écouter à la fois de la musique country et de la house. *Posh* jusqu'au bout de ses ongles laqués de rose, elle porte un jean taille haute qui gonfle son postérieur, un tee-shirt blanc sous lequel on devine ses seins rebondis, des baskets fines soulignant des chevilles délicates. Laissant mon regard s'attarder sur son visage, je m'étonne qu'elle se soit maquillée avant les fameuses cinq heures de bagnole. Elle a exagéré sur le fond de teint. Heureusement, ses cheveux bien lissés calment l'ensemble.

Heather n'a plus l'apparence d'une étudiante besogneuse et fauchée ; elle a retrouvé sa vraie nature, celle d'une jeune Américaine du Nord-Est de bonne famille.

Le regard agacé qu'elle m'adresse suffit à me faire comprendre que mon insistance l'exaspère. Elle doit me trouver bizarre. Elle regrette peut-être d'embarquer cette Française inconnue dans son univers. Pourquoi d'ailleurs m'inviter, m'ouvrir grand les portes de son intimité, de son fief de vacances, de sa famille décomposée, de ses amis d'enfance ?

Nous avons de longues heures devant nous, et, puisque Heather, concentrée sur la route, attend un signe prouvant qu'elle a bien fait de m'embarquer à Cape Cod, je me décide enfin à lui parler un peu, un tout petit peu, de moi. Soigneusement, je sélectionne dans ma vie des souvenirs auxquels elle pourrait s'intéresser, voire se rattacher. Mon enfance bourgeoise, ma scolarité dans une école catholique du centre de Paris, les blouses bleu marine, les petites filles gâtées, la maison de vacances au cap Nègre… L'évocation de la Méditerranée lui arrache une exclamation. Il y a bien longtemps, ses parents l'avaient emmenée à Cannes, et elle en garde un souvenir impérissable.

« C'est là que se tient le festival de cinéma, c'est bien ça ? C'est un peu votre Los Angeles ? »

Si tu veux, Heather. En tout cas, la plage est si belle, au cap… J'y retrouve les mêmes amis chaque été. Je me souviens des châteaux de sable avec certains, ceux avec lesquels j'ai aussi joué pour la première fois à « Action ou Vérité » en cachette, pendant que les parents faisaient la sieste, écrasés par la chaleur estivale.

« *Action or Truth ? What is this ?*

— Un jeu de préadolescents. Chacun doit à son tour dire s'il veut révéler une vérité, donc un secret, ou bien faire un truc que le groupe aura décidé. C'est comme ça que j'ai embrassé un garçon pour la première fois ! »

Heather trouve l'idée si drôle qu'elle éclate de rire.

« J'imagine que vous deviez boire beaucoup d'alcool pour jouer à ce jeu.

— Tu plaisantes ? Nous avions 12 ou 13 ans seulement !

— C'est l'âge de ma première cuite. Vodka. C'était mémorable. »

Voilà ce qu'on appelle du *white trash*...

« C'est aussi l'âge de mon premier rapport sexuel. D'ailleurs, les deux ont eu lieu le même soir, si je me souviens bien. »

Je recommence à fixer Heather intensément. Difficile de croire que cette jeune fille si polie, aux dents blanches bien lavées, aux mains soignées, engagée dans un cursus universitaire prestigieux, a lâché sa virginité au sortir de l'enfance sous l'effet de l'alcool. Je comprendrai plus tard qu'il ne s'agissait pas ici de l'acte sexuel auquel je pensais, que celui dont parlait Heather n'exigeait pas de se dévêtir et était exécuté machinalement, m'expliquera-t-elle, par toutes les filles souhaitant préserver leur hymen. Cette discussion commence vraiment à m'intéresser, mais je dois avouer que je suis un peu choquée. J'enchaîne naturellement :

« *Do you have a boyfriend ?* »

Le visage de Heather se ferme instantanément, comme si la question la gênait, elle qui me parlait crûment de sexe un instant auparavant.

« Pas vraiment. Il y a un garçon que j'aime bien, que tu rencontreras d'ailleurs ce week-end. On se connaît depuis longtemps. Mais je pense qu'il a peur que quelque chose se passe entre nous…

— Mais pourquoi ?

— Parce que, si nous sortons ensemble, cela nous mènera inévitablement au mariage. Je suis exactement le type de fille qu'il épousera, et il est le genre d'homme avec qui je rêve de me marier. Tu vois ce que je veux dire ?

— Et l'amour ?

— L'amour fait partie du processus, bien évidemment. Mais le mariage, c'est avant tout l'association de deux personnes qui se correspondent, qui ont une histoire, une culture, des valeurs en commun.

— Il y a une expression française qui dit qu'il vaut mieux se marier dans sa rue.

— C'est exact !

— Attends, c'est une pensée de l'Ancien Monde ! Dis-moi qu'aux États-Unis on ne raisonne pas comme ça ! Vous êtes la nation du melting-pot, après tout…

— Oui, on cohabite. Mais on ne se mélange pas vraiment.

— À New York, quand même…

— À New York peut-être, mais New York, ce n'est pas les États-Unis. Et encore, tu constateras par toi-même que les communautés se fixent géographiquement et culturellement chacune de leur côté. Entre l'Upper East Side et Harlem, pas de mélange ! La prochaine fois que tu vas au restaurant, regarde la différence entre la personne qui te sert de l'eau et celle qui prend ta commande… Dans chaque restaurant où tu mets les pieds à New York, tu retrouves cette différence.

— Oui, j'ai bien remarqué. Les Latinos en bas de l'échelle. Mais c'est parce que ce sont des immigrés récents, qu'ils ne parlent pas la langue. Leurs enfants, qui auront grandi aux États-Unis, ne serviront plus de l'eau au restaurant ; ils accéderont à des métiers mieux rémunérés.

— Ou bien ils renfloueront la population des délinquants qui ne trouvent pas leur place dans la société américaine… Il faut arrêter avec le rêve américain.

— Ça te dérangerait d'avoir un copain noir dans ta bande de Cape Cod, Heather ? »

J'ose poser la question, tout en craignant de me faire abandonner sur le bas-côté de la route. Je sais bien que le racisme est une question sensible, ici encore plus qu'en France. Martin Luther King, les Black Panthers, ce sont des noms que l'on apprend désormais religieusement dans les livres d'histoire. L'abolition de l'esclavage, la guerre de Sécession, la lutte des Noirs pour les droits civiques, la définition du « Noir américain », les quotas, sont des éléments fondateurs de l'histoire américaine – une histoire récente par rapport à celle de l'Europe.

Sans surprise, Heather proteste avec véhémence.

« Comment peux-tu me demander ça ? Bien sûr que non ! Je ne te permets pas d'en douter… »

Non, Heather n'est pas raciste. Elle n'envisage pas de se marier un jour avec un Noir, voilà tout.

Cette discussion a tout de même jeté un froid. Dans un soupir, elle me propose de prendre le volant pour pouvoir se reposer un peu. De toute façon, il faut toujours rouler tout droit : je ne risque pas de me tromper. Elle coupe net l'autoradio. Au lieu de s'installer sur le siège passager, elle s'allonge sur la banquette arrière. Je ne suis pas mécontente de goûter au silence après cet échange animé. Au moins, j'apprends du vocabulaire en anglais…

Nous arrivons en pleine nuit dans une charmante maison non loin de la mer. L'air iodé et frais me fouette le visage tandis que nous charrions nos sacs à l'intérieur. La mère de Heather nous attend au salon, devant la télévision. C'est une femme excessivement ridée pour son âge, au teint brouillé mais hâlé. Malgré son élégance vestimentaire – pull en cachemire abricot et pantalon de toile claire –, elle respire la solitude de ces femmes divorcées depuis longtemps et qui n'ont pas refait leur vie. De plus, elle sent le whisky à plein nez. Digne pourtant, elle me serre la main chaleureusement et m'indique ma chambre à l'étage.

Les draps de dentelle blanche sont immaculés et bien tendus, comme à l'hôtel. Les rideaux fermés. Après avoir enfilé un jogging et m'être rafraîchie dans la salle de douche attenante à ma chambre, je m'allonge, perdue dans cet endroit dont je ne connais ni les bruits, ni les odeurs, ni les codes. J'essaie de deviner ce que Heather et sa mère peuvent bien se dire, mais ne comprends rien aux rares paroles qui me parviennent. La fatigue de la route finit par avoir raison de ma curiosité, et je m'endors, paisiblement.

Le lendemain matin, la table est dressée avec soin dans la cuisine. Au centre trône une assiette débordant de pancakes, avec du sirop d'érable en carafe. Heather me propose un café *americano* que j'accepte avec plaisir. Elle est radieuse.

« Il fait un temps de rêve ! On va aller déjeuner dehors avec mes amis. Avec un peu de chance, on pourra même se baigner. Tu as pris un maillot ?

— Non, j'ai oublié !

— Pas grave. Il y a un magasin pas loin d'ici, tu en trouveras un sans problème. »

Elle aurait pu m'en prêter un, c'est ce que font les bonnes copines. Mais j'imagine que notre amitié est encore trop récente pour se le permettre.

Au fil des heures, la bonne humeur de Heather s'éteint progressivement. D'abord, elle me fait comprendre que ce détour shopping grignote son temps à la plage. Je la vois soupirer lorsque j'attends à la caisse pour régler mon achat. Ensuite, quand nous retrouvons ses amis, elle me présente du bout des lèvres, puis m'abandonne précipitamment pour rejoindre la conversation d'un groupe à part.

Je comprends qu'elle me traîne comme un boulet, un élément étranger qu'elle doit balader pendant tout le week-end – qui vient tout juste de commencer. Je n'ose pas aller vers ses amis, dont j'ai instantanément oublié les prénoms. Ils sont trop nombreux et semblent tous si bien se connaître. Je m'allonge sur un transat en attendant que le temps passe. Heureusement, j'ai pris un livre recommandé par l'école. Mais je suis tellement préoccupée par ma mise à l'écart que je n'arrive pas à me concentrer sur ces pages noircies d'un bel anglais littéraire. Je lis et relis le même paragraphe sans parvenir à atteindre la page suivante.

L'heure du déjeuner arrive, et, Heather ne daignant pas me convier, je me lève et m'installe. Les amis de mon hôte ne sont pas hostiles, loin de là, mais je les laisse indifférents. Parquée à une extrémité de la table, je tente d'engager la conversation avec un jeune homme à la peau trop bronzée et aux cheveux soigneusement peignés qui se trouve être mon seul voisin.

« Très sympa, cet endroit ! Vous avez l'air de bien vous connaître...

— C'est sûr, tous nos parents sont amis ! Et toi, comment as-tu atterri là ?

— Je suis à l'université avec Heather. Elle m'a gentiment proposé de passer le week-end avec elle.

— Tu es la petite Française que Heather a sauvée de sa solitude new-yorkaise ? »

Il rit de son bon mot. De mon côté, je n'ai rien à répondre. Je tente de relancer la conversation.

« Moi aussi j'ai une bande de copains d'enfance, dans le sud de la France. C'est là où je passe toutes mes vacances depuis que je suis petite.

— Ah. »

Mon interlocuteur ne cache pas son ennui et se tourne vers sa droite sans autre manière. Me voici, écarlate, seule face à mon hamburger et mes frites. J'ai l'impression que tout le monde m'observe, mais personne ne me prête attention.

À l'autre bout de la tablée, en revanche, Heather est comme un poisson dans l'eau. Elle parle encore plus fort que les autres, rit à gorge déployée, en fait beaucoup trop. Les amis commandent bière sur bière, les filles commencent à être saoules. Soudain, quelqu'un monte le son. Les filles grimpent sur la table et dansent en remuant des fesses. Heather, qui porte une jupe en jean sur son bikini, se dandine en écartant les cuisses. Un garçon assis juste en dessous d'elle caresse ses chevilles.

Il n'est que 14 heures, et je me demande jusqu'où tout cela va aller. Gênée, je me lève et quitte la table pour me réfugier sur mon transat. Je crois entendre Heather se moquer de moi, mais je fonce sans relever. Ils rient tous très fort, c'en est même assourdissant.

Qu'est-ce que je fais là ? Où sont mes repères, où est mon pays ? Je suis bloquée sur cette plage, comment pourrais-je m'enfuir et retourner à New York ? Il doit bien y avoir une gare, un train grâce auquel me sauver. Je hais cette fille qui m'a fait venir ici et me traite comme une moins que rien. Dans mes fantasmes, je me lève et couvre Heather d'insultes, la giflant même, et je pars sans demander mon reste.

L'après-midi dure une éternité. Quand la jeune fille, très éméchée, vient me chercher en titubant, elle fait semblant de s'étonner de ma mise à l'écart.

« Marie, je t'ai cherchée partout ! Tu étais où ?

— Je n'ai pas bougé d'ici. J'ai l'impression que tu t'es bien amusée.

— C'était génial ! Mais maintenant il faut rentrer se préparer pour le dîner. »

C'est le bon moment pour l'informer de mon retour à New York, et pour lui glisser les reproches que j'ai soigneusement préparés dans ma tête. Pourtant, je ne dis mot, si ce n'est un faible « OK ». Je rassemble mes affaires et la suis docilement.

Envolées, mes velléités à l'encontre de Heather. Je me révèle incapable de lui adresser le moindre reproche, et même de me protéger. Il ne fallait pas accepter ce week-end. Pour elle non plus ce ne doit pas être une partie de plaisir de se traîner la Française ringarde qui baragouine un mauvais anglais, rougit chaque fois qu'on lui adresse la parole et fait la grimace quand la fête bat son plein.

Un océan me sépare de cette fille, et, comme je me trouve sur sa rive, c'est certainement à moi de faire un effort. Je l'attends donc pendant qu'elle s'apprête. J'ai rapidement enfilé un jean et un petit haut noir, avec des ballerines. Je me suis à peine maquillée. Je ne soupçonnais pas que la vie sociale à Cape Cod était si sophistiquée.

Pendant le dîner, où se retrouvent de nouveau tous les copains, j'attends que cela passe. Je finis par rentrer seule, prétextant tomber de fatigue. Le lendemain, Heather et sa mère n'émergent péniblement de leur nuit alcoolisée qu'en début d'après-midi, alors que j'attends dans le salon depuis le petit matin, terminant mon livre avec difficulté, morte de faim. À 15 heures, nos affaires sont jetées dans la Ford, et nous rentrons en silence vers New York, où, je l'espère, le chemin de Heather ne croisera plus le mien.

Je ne me suis pas fait une alliée, encore moins une amie.

4.

Je me suis habituée au café américain, ce jus noir fadasse à boire tout au long de la journée. J'ai même acheté une petite carafe individuelle avec un filtre en acier intégré. Trois cuillerées de café en poudre, de l'eau bouillante, et je peux déguster mon breuvage insipide dans le mug vert et bleu aux insignes de l'école à toute heure du jour et de la nuit. Oui, on s'habitue à tout. Ou presque.

Pour aborder des gens dans la rue et les interviewer, c'est une autre affaire. J'ai beau préciser que je suis à l'université et exhiber fièrement ma carte d'étudiante en journalisme, mon accent français et mon manque d'assurance rebutent. Je dois me faire violence.

Mais je n'ai pas le choix : notre cursus nous impose de rédiger un certain nombre d'articles, et je travaille d'arrache-pied pour accéder au même niveau que mes camarades américains. J'ai d'ailleurs faussement sympathisé avec un étudiant en histoire de l'art qui me relit en échange de quelques dollars.

Dès la première semaine, je dois réaliser un reportage radio dans un quartier de Manhattan, le Lower East Side. L'objectif est simple : en deux ou trois minutes, donner une idée de ce que sont la vie, le rythme, les sons, les habitants et les habitudes de cette partie de la ville. Donner un parfum sans l'odeur.

Avant de me lancer, un dimanche après-midi où le soleil de l'été indien brûle encore les rebords de mes fenêtres, j'ai minutieusement préparé ma sortie. Le Lower East Side est connu pour sa diversité ; on y trouve à la fois l'un des plus vieux quartiers juifs de la côte Est et Little Italy, où l'influence des immigrés italiens de la fin du XIXe siècle n'est plus que touristique, avec pour seuls vestiges des pizzerias et des restaurants de pâtes. À quelques rues seulement, Chinatown est plus récent.

Une partie du quartier commence aussi timidement à s'embourgeoiser, aux alentours d'Alphabet City, dénommée ainsi en référence aux rues A, B, C et D – les seules à New York qui soient désignées par des lettres. Les jeunes loups de Wall Street investissent dans la pierre, et les prix de certains appartements, pourtant en sale état, mais si proches de Soho, le Saint-Germain-des-Prés d'ici, grimpent progressivement.

Comment vais-je pouvoir restituer les différentes facettes du Lower East Side à travers quelques sons ?

À qui m'adresser et, surtout, quelles questions poser ? Je vais me faire rembarrer à coup sûr.

Pourtant, je ne peux arriver les mains vides lundi.

Je me mets donc en route, baskets aux pieds, casquette vissée sur la tête, mon appareil enregistreur à la main, seule et angoissée. Première étape de mon reportage : un *delicatessen* mythique, Katz's, qui sert depuis plus d'un siècle un délicieux sandwich au pastrami casher. Il est plein du matin au soir et accueille aussi bien des habitués, kippa noire sur la tête et chemise blanche, que des touristes en quête d'authenticité.

Katz's, bien plus qu'un modeste restaurant, a par le passé été un point de rencontre et d'échange pour les immigrés qui arrivaient par bateaux entiers d'Europe et qui, faute de connaissances et d'argent, restaient agglutinés dans ce quartier en espérant démarrer une nouvelle vie aux États-Unis.

Et aujourd'hui, je suis assise à leur place.

Une fois ma commande passée, j'active discrètement mon enregistreur et pose le micro par terre. Ainsi, je peux saisir les sons d'ambiance du restaurant sans que personne ne me repère. J'en profite pour dévorer un sandwich au pastrami agrémenté de délicieux *pickles*.

Au bout de cinq minutes, je ramasse l'appareil et me dirige avec appréhension vers l'homme qui tient la caisse. Il transpire à grosses gouttes. Entre la température ambiante et la queue interminable des clients, il y a de quoi avoir un coup de chaud. Prenant mon courage à deux mains, je m'avance pour demander s'il accepterait de répondre à quelques questions.

Il me fait d'abord répéter, car ma voix n'a pas l'air de porter assez pour dominer le brouhaha du restaurant. Lorsque enfin il comprend qu'une étudiante en journalisme souhaite l'interviewer pour sa classe de radio, avec à la clé une audience quasi nulle, son visage se fige, et son sourire disparaît instantanément.

« Vous croyez vraiment que je n'ai que ça à faire ? Vraiment ? On est en plein service ! Je suis débordé !

— Oui, oui, Monsieur, je comprends… Désolée de vous déranger… Pourrais-je revenir un peu plus tard, dans ce cas ?

— Absolument pas, je déteste les journalistes. C'est un métier de merde ! Vous êtes encore étudiante ? Laissez tomber ! »

Ses collègues éclatent de rire.

Je pique un fard et file sous les regards curieux des clients attablés.

Je ne peux pas en rester là. Même si j'ai quelques sons d'ambiance – peut-être l'enregistrement dans la salle du restaurant a-t-il donné quelque chose –, il me faut de quoi meubler deux minutes de reportage et, surtout, au moins trois interviews. Cette journée va être très longue…

Ou bien… Je pourrais prétexter qu'on a volé mon appareil ? Pas très crédible. Et si je me trompais de jour ? Si je faisais comme si je pensais que le reportage était à rendre la semaine suivante ? Mais je me sens incapable de mentir…

Je pars donc en direction d'Alphabet City, deuxième étape avant les quartiers italien et chinois. On prétend que c'est le dernier quartier « mal famé » de Manhattan.

À la fin du XIXe siècle, Alphabet City était le refuge des immigrés allemands, qui s'entassaient à proximité des usines de textile. Ayant acquis une certaine aisance, ces résidents ont quitté le quartier et laissé place aux immigrés d'Europe de l'Est, puis, un demi-siècle plus tard, à une faune diversifiée et fauchée – Afro-Américains, Portoricains, mais aussi artistes et musiciens blancs. Dans les années 1980, Alphabet City est devenu le repaire à la fois du mouvement punk et de prostituées et dealers de drogue. Désormais, le quartier n'est plus si interlope. Quelques restaurants, des cafés, des commerces de mode ont ouvert dans les rues alentour. Le propriétaire de mon studio m'a toutefois mise en garde : pas question de m'y rendre seule une fois la nuit tombée.

Arrivée aux grilles du fameux Tompkins Square Park, lieu d'une légendaire émeute entre policiers et squatteurs dix ans auparavant, j'hésite. Il faudrait que j'arrive à aborder un habitant du quartier. Je tente ma chance dans un café sombre et défraîchi. Il est déjà trop tard lorsque je m'aperçois qu'il n'y a qu'un seul client, attablé au fond de la salle. Mis à part sa peau très blanche et ses yeux verts, tout le reste est noir. Cheveux, blouson de cuir, jean troué, grosses godasses et même vernis à ongles. Un trait de khôl souligne ses paupières. Je lui rends un demi-sourire timide, pas mécontente de rencontrer un punk, un vrai ! Un rescapé.

C'est lui qui se lève et vient m'aborder.

« Hello ! Vous faites un reportage radio ? Je reconnais votre machine. Vous êtes journaliste ?

— Pas encore. Je suis étudiante.

— La classe ! Mais d'où vient cet accent ?

— Je suis française. Et vous ?

— Je viens de Brooklyn. Mais j'habite le quartier depuis quinze ans.

— Vous êtes exactement ce que je recherche ! »

Il lève un sourcil et émet un petit rire bienveillant.

« C'est rare de l'entendre dire ! »

Mon reportage est sauvé. Sammy a eu son heure de gloire en participant au groupe mythique Cats and Dogs il y a presque deux décennies. Une gloire éphémère, quelques mois seulement, avant de se faire virer comme un malpropre. Depuis, il erre de bar en bar en quête de petits cachets. Sammy loue un appartement minuscule non loin de là, mais pour combien de temps ? Le prix des loyers s'envole. Et les bars et salles de concert punk disparaissent les uns après les autres pour laisser place à des établissements plus chics et des comptoirs *healthy*.

J'ai ce qu'il me faut. Soulagée, je quitte le quartier sans demander mon reste.

5.

« *Good morning, Marie ! I believe we have not yet properly met*[1]. »

La voix, grave et chaude, est enveloppante.

Je me retourne, et le sang me monte à la tête : le Dean Marshall en personne vient me saluer au beau milieu d'un couloir de l'école. Il connaît mon nom. Et il me tend la main avec un large sourire et des yeux qui pétillent.

Très intimidée, je lui rends son sourire, le salue à mon tour. Sa main broie la mienne. Cet homme force le respect. Je baisse les yeux. Il me demande comment se passe mon début d'année, si je me plais ici. Ma réponse est vague, il m'invite à répéter, il n'a pas compris. Ma gêne s'accroît, je bafouille…

C'est alors qu'il me propose de prendre rendez-vous auprès de son assistante afin de faire connaissance plus tranquillement.

---

1. « Bonjour, Marie ! Je crois que nous ne nous sommes pas encore présentés. »

« Je tiens beaucoup à ce que les étudiants étrangers se sentent bien accueillis », me dit-il.

Le rayonnement international de l'université est une des missions qu'il s'est fixées.

« Quel honneur de penser qu'une jeune femme comme vous préfère étudier ici plutôt qu'en France, où les écoles de journalisme ne manquent pas ! Qu'est-ce qui vous a décidée à venir, d'ailleurs ? Qui vous en a donné l'idée ? Mais nous en parlerons lorsque vous viendrez me rendre visite. Vous devez être en retard pour votre prochain cours, j'imagine. Prenons le temps de discuter, n'est-ce pas ? »

Une rafale de questions. Je n'ai fait que hocher la tête en souriant vaguement.

Il n'a pas attendu ma réponse et déjà se tourne vers un groupe d'étudiants, ravis de pouvoir parler au directeur en personne. Je m'éloigne en courant presque, alors que j'ai une heure de pause avant de retrouver ma classe d'écriture. Cette histoire de rendez-vous me tracasse ; je n'ai aucune envie de discuter avec le directeur de l'école ! Que pensera-t-il de mon mauvais anglais ?

Je n'ai jamais été à l'aise avec les personnes plus âgées. Du plus loin que je me souvienne, mes parents nous gardaient à l'écart de leurs amis.

« C'est l'heure des grands, maintenant ! » me disait mon père lorsqu'il organisait un dîner à la maison.

Je les entendais rire derrière la porte, et j'en ressentais une immense jalousie.

Chaque jour qui passe me rappelle cette satanée promesse. Je dois organiser cet entretien avec le Dean. J'y pense le matin, puis j'ai cours ; j'y repense à l'heure du déjeuner, mais l'assistante doit être en pause ; ensuite je fais mes devoirs, et alors il est trop tard.

La semaine suivante, tandis que je me rends en salle de montage vidéo, je le vois discuter avec Mrs McGregor, ma professeure d'audiovisuel. Je me fais aussi petite que possible, rasant les murs, et m'installe au fond, bien planquée derrière un grand garçon. Une fois que la classe a fait silence, Mrs McGregor annonce avec une fausse légèreté que Mr Marshall assistera à l'ensemble du cours.

Le regard du Dean ne croise pas une seule fois le mien, à mon grand soulagement. Il se manifeste d'ailleurs assez peu, écoutant religieusement Mrs McGregor et hochant la tête lorsqu'un de mes camarades prend la parole. Certains courageux se portent volontaires pour aller au tableau et expliquer, l'un comment utiliser une page blanche pour fixer la bonne couleur, l'autre comment vérifier le son… Je note tout, à la virgule près, pour me donner une contenance.

Du coin de l'œil, je l'observe. Je ressens de mauvaises ondes, mais pourquoi ? De temps en temps, le

Dean consulte sa montre d'un air las. Je crois passer inaperçue, et parviens même à m'enfuir à la minute où la classe s'achève.

C'est en sortant des toilettes que je me retrouve face à lui, sans possibilité de l'éviter. Il se plante en travers de mon chemin, les bras croisés sur son ventre rond.

« Marie ! Vous m'aviez l'air très concentrée pendant ce cours – félicitations !

— Merci.

— Vous vous asseyez souvent au dernier rang ? C'est dommage, vous pourriez participer davantage aux débats. Qu'en pensez-vous ?

— ... »

Je baisse les yeux. Il poursuit avec autorité, tout en cherchant à attraper mon regard.

« J'attends toujours que vous veniez me rendre visite ! Avez-vous contacté mon assistante ? Je sais que mon agenda est très chargé... Mais je glisserai un mot à Michelle pour qu'elle vous fasse passer en priorité. D'ailleurs, pourquoi n'iriez-vous pas la voir tout de suite, que l'on prenne date une fois pour toutes ? Vous avez le temps ?

— Oui, je crois.

— Allez-y, foncez ! Je vous vois cette semaine, alors. »

Me voilà piégée. Son bureau n'est en effet qu'à quelques pas, et je n'ai aucune excuse pour esquiver ce rendez-vous. Je soupire et frappe à la porte en bois massif où trône une plaque dorée au nom du Dean. Une voix sèche m'invite à entrer. C'est Michelle, l'assistante, qui me scrute de la tête aux pieds.

« Vous n'êtes pas au bureau des élèves, ici, vous savez ?

— Oui, je sais. Bonjour, Madame. Je viens prendre rendez-vous avec Mr Marshall.

— Mais d'où venez-vous, avec ce charmant accent ?

— De France.

— Merveilleux ! Paris ?

— C'est ça.

— J'adore Paris ! Tellement romantique… Pourquoi voulez-vous un rendez-vous avec le Dean ?

— C'est lui qui me l'a demandé. »

Michelle prend un air suspicieux. Elle ôte ses lunettes, les pose sur la table, passe sa main dans ses cheveux courts et se penche en avant.

« Le Dean vous a proposé un rendez-vous ? Quelque chose cloche avec votre scolarité ? Vous avez du mal à payer les frais ? Vous n'êtes pas inscrite dans les bons cours ?

— Pas du tout. Il m'a dit qu'il recevait toujours les étudiants étrangers pour mieux les connaître. »

Une gêne s'installe. Michelle gigote sur sa chaise, remet ses lunettes.

« Cela fait quinze ans que je travaille avec John, j'imagine qu'il y a autre chose. Je vais vérifier tout cela. Donnez-moi votre nom ainsi que votre numéro de téléphone, et je vous rappellerai. »

Je me hâte de quitter les lieux. J'ai un article de magazine à écrire sur une marque de vêtements, et l'interview téléphonique avec la créatrice est prévue dans moins d'une heure. Il faut que je prépare mes questions en français, puis que je les traduise… Pas le temps de faire des courses pour le dîner. J'avalerai trois yaourts ou je commanderai quelque chose. Italien, chinois, japonais, indonésien, mexicain : il y a de tout. Sans parler des parts de pizza géantes au *deli*, ou des bagels aux œufs ou au saumon que l'on peut dévorer à toute heure de la journée.

Hélas, ce nouveau régime alimentaire me fait aussi grossir à vue d'œil. Mais c'est bien le cadet de mes soucis. La seule chose qui compte, c'est que j'obtienne ce diplôme, et avec les félicitations si possible.

Le métro étant en panne, je rentre à pied. C'est facile : tout le monde marche à New York, que cela monte ou descende. Il suffit d'aller tout droit et de bifurquer quand c'est nécessaire. Impossible de se perdre. En revanche, me voilà presque en retard pour mon interview. Je monte les escaliers quatre à quatre. Une fois chez moi, je constate que le répondeur de mon téléphone clignote. J'espère vraiment ne pas avoir raté l'appel de la créatrice. Ou qu'elle n'a pas d'empêchement.

Non, c'est l'assistante du Dean. D'une voix robotique, Michelle me propose un rendez-vous la semaine suivante, lundi à 17 heures. Elle a déjà vérifié que je n'ai pas cours à cette heure-là. Je dois seulement la rappeler en cas de force majeure. En conclusion, elle me souhaite une belle soirée.

Je jurerais qu'elle a raccroché précipitamment.

J'ai une semaine pour trouver une excuse valable.

6.

La première fois que je suis allée courir à Central Park, il m'a fallu dix bonnes minutes pour m'apercevoir que je m'étais élancée dans le mauvais sens. Trois coureurs m'ont fait des signes, mais je n'ai pas compris, jusqu'à ce qu'un quatrième m'arrête net, m'indiquant sèchement que, autour du lac, tout le monde court dans la même direction pour éviter de se rentrer dedans. J'en ai été si gênée que je suis partie au Starbucks du coin prendre un *latte* géant au sirop de vanille.

Pour autant, pas question d'abandonner. Le lendemain, casquette de l'université vissée sur la tête, jogging gris et tee-shirt blanc, je démarre en suivant d'autres coureurs, histoire de ne pas me tromper. Rapidement, ils me sèment. Je suis bien. J'écoute les Fugees et Dido dans mon baladeur, et j'avance. Je suis désormais chez moi à New York. Mon souffle s'allonge pour compenser l'accélération de mon rythme cardiaque.

Je repense à cette rencontre avec un grand reporter français deux ans plus tôt, alors que je postulais pour un stage dans son journal. Il portait une veste militaire et revenait d'Iran. C'était un spécialiste du Moyen-Orient. Il risquait sa vie à chaque voyage. Je ne voulais pas devenir comme lui, je n'avais pas l'âme aventureuse, et les zones de guerre ne m'attiraient pas. Ce que je voulais, c'était écrire, raconter des histoires, être une passeuse d'informations.

« Tu veux devenir journaliste ? Quitte la France, ouvre les yeux, voyage !

— Mais il faut bien que j'apprenne le métier…

— Termine ce que tu fais et pars étudier dans une école de journalisme aux États-Unis. Il y en a de bonnes à Washington et à New York.

— Mais en étant diplômée d'une école française, j'aurai automatiquement ma carte de presse !

— Et un emploi à vie aussi ? C'est ça que tu veux ? Tu te prends pour une fonctionnaire ? Ta carte de presse, tu l'auras en travaillant dans la presse, voyons !

— Et puis ça coûte trop cher ; mes parents ne pourront jamais me le payer.

— Les bourses, tu en as entendu parler ? »

Je ne l'ai jamais revu, et je ne lui ai même jamais dit que j'avais suivi son conseil. Mais j'ai remué ciel et terre pour être admise dans l'école. J'ai passé plusieurs tests destinés à évaluer mon niveau d'anglais et mes connaissances sur l'actualité des États-Unis.

J'ai fait des entretiens téléphoniques, écrit des lettres de motivation, appelé d'anciens élèves. En parallèle, j'ai contacté tous les pourvoyeurs de bourses possible. Et mes efforts ont payé : non seulement j'ai été admise à 20 ans – ce qui est très jeune pour ce diplôme –, mais j'ai obtenu plusieurs bourses permettant de financer la moitié de mes frais de scolarité. Mes parents ont accepté de prendre en charge le reste.

Le second souffle est là. Ma respiration est saccadée, mais régulière. Je ne ressens plus l'effort. Mes muscles me portent. Oui, je suis bien. Personne ne pourrait dire d'où je viens, et tout le monde s'en fiche. À New York, chacun trace sa route sans regarder les autres. C'est une ville de solitaires.

Courir vide la tête, et pourtant la mienne fonctionne à cent à l'heure.

Je m'arrête.

Pourquoi ce rendez-vous avec le Dean me perturbe-t-il autant ?

J'essaie de trouver un alibi pour ne pas y aller cet après-midi. Maladie, interview, erreur d'agenda… Que vais-je lui raconter ?

De retour à la maison, j'appelle mon père pour lui demander conseil, mais je tombe sur son répondeur.

Au fond, pas besoin de lui parler. Je sais très bien ce qu'il me dirait.

« Trace ta route, Marie. Qu'est-ce que ça peut bien te faire, ce que le Dean va penser de toi ? Au contraire, tords, étouffe tes peurs. Profite de cette rencontre pour accroître tes chances de réussite… Souris-lui comme tu sais si bien faire, montre-toi sous ton meilleur jour ! Il pourrait t'aider, te soutenir auprès des profs, te donner de bons conseils. Arrête avec cette satanée timidité que tu nous traînes depuis toute petite. Lâche-toi un peu ! »

J'enfile un jean moulant, un pull ajusté et des bottines à talons compensés. Moi qui me maquille très peu, je souligne mon regard d'un trait de crayon et applique un peu de gloss rose pâle sur mes lèvres. Mes cheveux sont remontés en une queue-de-cheval haute. Il paraît que ça me va bien, d'avoir le visage dégagé. Cela me donne aussi un air plus juvénile.

Après un vague salut, Michelle me demande de patienter tandis qu'elle rassemble ses affaires. Il est 17 heures pile, l'heure pour elle de partir.

Je me retrouve donc seule, assise sur une chaise, tentant de capter les bruits qui s'échappent du bureau du tout-puissant de l'école. J'entends des papiers que l'on froisse, des meubles qui craquent, peut-être un liquide qui coule dans un verre. Des pas sur le parquet. Ces pas approchent, puis s'éloignent. Il tourne en rond.

Le manège dure une vingtaine de minutes, puis la porte s'ouvre brusquement, me prenant au dépourvu.

Le Dean me tend la main sans me laisser le temps de me redresser. Résultat : je me trouve face à lui toute petite, tête relevée comme une enfant. Mon menton touche presque son gros ventre. Percevant ma gêne, il s'écarte tout en conservant ma main dans la sienne. Il est en train de me tirer pour m'aider à me lever. Je me laisse faire, le corps mou et docile. Une fois que je suis debout, il lâche ma main, qui reste suspendue dans le souvenir du contact de cet homme, un contact chaleureux, quoiqu'un soupçon déplacé.

La suite de notre rencontre est banale. Le Dean Marshall parle beaucoup de journalisme, mais il s'intéresse aussi à moi. Il me demande si je vis seule, si j'ai des amis ou de la famille à New York.

« Ne perdez pas trop de temps avec ça ; l'important, c'est votre travail, me sermonne-t-il. Cette année doit être faite de solitude et d'études. Une année *monacale*, en somme. »

Il rit de son bon mot, à l'aise comme pendant son discours, content d'être là, à la bonne place, au sommet de sa carrière.

Je me détends. Il me regarde droit dans les yeux, comme pour y lire quelque chose, et je me sens nue, surtout lorsqu'il marque une pause dans sa logorrhée sur l'université et que son regard descend furtivement sur mes seins. Je ne pourrais pas jurer qu'il observe mon décolleté, peut-être baisse-t-il simplement la tête pour ne pas m'impressionner en me fixant trop longuement. Je ne sais pas. Le temps passe vite. Il regarde sa montre.

« Marie, c'était une joie de vous rencontrer et de mieux vous connaître.

— Joie partagée, Monsieur !

— Vous avez prévu de dîner quelque part, ce soir ?

— Non, Monsieur. Je rentre, car j'ai énormément de devoirs.

— C'est exactement ce que je voulais entendre ! Vous avez tout compris, Marie. J'espère vous revoir vite, et, surtout, n'hésitez pas à me contacter si vous avez une question ou quoi que ce soit. Même en cas de problème. Je sais que c'est difficile d'être loin de sa famille. Alors je serai là pour vous si vous en avez besoin. »

Sa gentillesse me touche. C'est bon de se sentir soutenue et appréciée après des premières semaines difficiles. Le week-end raté avec Heather m'est resté en travers de la gorge.

Il se lève pour signifier la fin de notre entrevue, me serre vigoureusement la main et me laisse quitter son quartier général, le cœur léger.

7.

Mon jean fétiche, celui que je porte depuis mes 14 ans, lacère ma taille. En classe, je suis obligée de détacher le premier bouton pour être à l'aise. Aucun doute : je prends trop de poids.

Adolescente, je pouvais dévorer burgers et glaces sans gagner un gramme. Ici, la nourriture me fait gonfler comme une baudruche, et je ne fais absolument pas attention à la façon dont je me nourris. Je me régale de bagels et de doughnuts, ces beignets ronds dégoulinants d'huile et de sucre glace. Je me sens incapable de résister ! Et le soir, je dévore des ailes de poulet frites ou des currys divers, en lisant pendant des heures.

Le week-end prochain, j'irai chez Levi's acheter le même jean, mais une taille au-dessus. Mon moral en prend un coup. Je dois impérativement aller courir ce soir, lutter contre les kilos. C'est un fait : je ne me dépense pas assez pour compenser mes excès.

À quelques blocs de l'école, un petit *deli* propose des sandwichs en tous genres et des parts de pizza. Il y a même un bar à salade – mais qui me tente moins. J'opte pour un bagel à la cannelle avec saumon et *cream cheese*. La combinaison est étonnante, mais pourquoi pas. La salle, exiguë, est pleine à craquer d'étudiants affamés. Aucune table n'étant disponible, je décide d'emporter mon déjeuner. Je compte m'installer dans un couloir en attendant le prochain cours.

Au moment où je sors du *deli*, quelqu'un effleure mon épaule. Perdue dans mes pensées, je sursaute.

« Hello, Marie. Ça a l'air bon, ce que vous avez pris !

— Bonjour, Dean Marshall ! bredouillé-je avec déférence.

— Vous retournez à l'université ? Attendez-moi. J'attrape un café, et on fait le chemin ensemble. »

Des étudiants se sont retournés, surpris de voir le directeur converser avec une de leurs camarades hors des murs de l'établissement. Ils me scrutent pendant que j'attends, plantée près de la porte, gênant le va-et-vient incessant. Je regarde mes baskets et, quand je me redresse, me retrouve nez à nez avec Heather. Elle me salue avec un large sourire hypocrite et me demande comment je vais. C'est au moment où je m'apprête à lui répondre que le Dean revient avec son café fumant et m'enjoint de le suivre sans même un regard pour Heather, qui lève les sourcils jusqu'au ciel. Elle le salue dans le vide, ouvre la bouche dans ma direction, mais je m'échappe sans attendre, pas mécontente de clouer le bec à cette chipie.

Le Dean me pose mille questions. Pourquoi veux-je devenir journaliste ? Quelle est ma vision des médias en France ? Comment est-ce que la matière y est enseignée ? Quelles sont les grandes figures du journalisme dans mon pays ? La presse y est-elle objective ? Partiale ? Comment fonctionne la rédaction d'un grand quotidien ? Qui finance les médias ? Où est-ce que j'aimerais travailler plus tard ? Ici, aux États-Unis ? En France ? Ailleurs ?...

Je lui parle d'Albert Londres, de Françoise Giroud et de Christine Ockrent. Je lui parle de ce métier qui me fascine, de cet instinct qui, depuis aussi longtemps que je me souvienne, me pousse vers l'écriture, des pages noircies de faux faits divers dans mes cahiers intimes aux courtes nouvelles à l'eau de rose que j'écrivais en vacances, à l'ombre des oliviers, près de ma chère mer Méditerranée.

Enfant, puis adolescente, je passais mon temps un crayon à la main. J'aimais autant écrire que me taire et écouter. On me disait timide – cela me donnait une raison de garder le silence. J'observais, puis, sur des paquets de feuilles blanches, j'écrivais mes histoires. Tout ce que je voyais, j'essayais de mettre un nom dessus.

Ma mère froissait mes pages en boules et les jetait systématiquement à la poubelle. Que faire de tout ce papier gâché ? Qu'est-ce que tu as à écrire tout le temps comme ça des phrases qui n'ont aucun sens ?

Le Dean m'écoute attentivement. Je lui décris mes doigts noircis par les pages du *Monde*, que je récupérais dans le salon et emportais dans ma chambre pour éplucher les articles pendant des heures, surtout ceux de la section « International ». J'aimais aussi lire les informations locales et parfois tellement anecdotiques du *Parisien*. En revanche, mon père refusait de me laisser *Le Canard enchaîné*.

« Ce n'est pas pour toi ! » me disait-il.

Et je n'ai jamais compris pourquoi.

John Marshall rit. Il plisse les yeux avec attendrissement. Ou bien par politesse ? Soudain, je sens qu'une lueur d'inquiétude traverse son regard. Ses yeux se baladent furtivement. Il vérifie qui passe à côté de nous.

Nous voici arrivés sur le campus, et il n'a pas touché à son café. Emportée par mon récit, oubliant mes difficultés à parler correctement anglais, je n'ai pas remarqué le fromage fondu qui a coulé du petit paquet en kraft contenant mon bagel. Le Dean me le fait remarquer, me demande ce que je vais manger pour le déjeuner, propose de m'emmener à la cafétéria de l'université. Je décline, à regret. J'aurais adoré poursuivre cette conversation. Je le lui dis. Il s'approche de quelques centimètres, s'enhardit, me glisse à l'oreille que lui aussi aimerait vraiment poursuivre. Je prends cela pour une gentillesse. Puis il s'éloigne, me laissant en plan, la main poisseuse, mais le moral remonté.

Jusqu'à ce que Heather me tapote l'épaule…

M'aurait-elle suivie, cette garce ? Le menton relevé, sourcils en triangle et sûre de son bon droit, elle me questionne sur mes relations avec le Dean.

« Vous aviez l'air très proches ! Tu le connais bien ?

— Pas du tout. Pas plus que toi.

— Certainement plus que moi ! Il ne saurait même pas dire si je fais partie de ses étudiantes. Toi, en revanche, tu as l'air presque intime avec lui. Tu ne le connaîtrais pas d'avant ?

— Je ne comprends pas ce que tu veux dire.

— Tu le connaissais avant de passer le concours ? Tes parents sont peut-être amis avec lui ?

— Où veux-tu en venir, Heather ?

— Tu sais, cela expliquerait beaucoup de choses ! On est plusieurs à se demander comment tu as pu être admise ici. Ton niveau d'anglais est quand même… Enfin, tu comprends… C'est bizarre.

— Qu'est-ce qui est bizarre ? »

Heather reprend son souffle. Elle hésite à franchir la ligne jaune. Mais elle va jusqu'au bout.

« Ça doit être dur pour toi d'étudier dans une langue étrangère dont tu ne maîtrises pas les finesses. Non, mais c'est vrai, quand même… Pourquoi venir *ici* faire une école de journalisme ? Vous n'avez pas d'écoles, dans votre pays ?

— Non, ça va, je m'en sors. Et on n'est pas obligé de rester toute sa vie dans le pays où l'on est né. Toi, par exemple, peut-être pourrais-tu ouvrir ton esprit davantage. Voir ce qui se passe en dehors de la côte Est. »

Heather n'a pas envie de remettre une pièce dans la machine. Elle crache une formule comme une pirouette et éloigne sa blondeur vers un cours imminent qu'elle avait oublié.

À quel âge quitte-t-on pour de bon les cours de récréation ?

8.

À New York, j'ai une routine qui me plaît. Notamment le dimanche.

Les bruits de la ville remplacent le réveil de la semaine. J'enfile un jogging et des baskets, je descends au *deli* du coin acheter un café et le *Times* du week-end, un pavé à déguster en prenant son temps. Si les cieux sont cléments, je me dirige vers Central Park – c'est à dix minutes à pied – et je m'installe, toujours sur le même banc. Là, pendant des heures, je peux simplement regarder défiler les gens qui marchent, qui courent, qui traînent, en bande, en couple, seuls, avec des chiens ou d'autres animaux de compagnie. Souvent, j'en reconnais quelques-uns. Comme cette trentenaire qui fait son jogging matinal avec un legging fluo comme un phare. Elle croise chaque fois mon regard, mais ne décroche jamais un sourire. Pas comme le petit vieux qui avance tout doucement en s'appuyant fébrilement sur sa canne et dont le sourire, un peu édenté, me ravit.

Ce dimanche, le dernier du mois de novembre, est particulièrement calme. Les Américains célèbrent Thanksgiving depuis jeudi. Beaucoup sont partis rejoindre des proches ou de la famille dans d'autres États, ou profitent du soleil de la Floride, à seulement trois heures de vol. Restent les New-Yorkais, les vrais, ceux qui n'ont personne à rejoindre ailleurs ou pas les moyens. J'en fais partie.

C'est un jour radieux, froid mais baigné de soleil. Je me suis couverte plus que de raison – doudoune, bonnet, grosse écharpe de laine, collants sous mon jogging ; j'ai même enfilé des gants. Concentrée sur la lecture de mon journal, je ne prête pas attention à la personne qui s'installe à l'autre bout du banc. C'est fou, cette manière de se coller à autrui. Il y en a dix, des bancs inoccupés.

« Hello Marie, quelle surprise ! »

Agacée d'être interrompue, je lève un œil hostile. Le Dean me fixe avec le sourire paisible de quelqu'un qui n'est pas du tout étonné. Je laisse échapper quelques pages de mon journal, qu'il s'empresse de ramasser. Ignorant ma froideur, il engage la conversation sur un ton léger.

« Quelle est la probabilité pour qu'on se rencontre dans cet immense parc un dimanche de Thanksgiving ? »

Tout cela sonne très faux. Lui aurais-je confié mon rituel de fin de semaine au détour d'une phrase ?

Il lui a suffi de traîner dans mon quartier pour me trouver, ce n'est pas bien sorcier.

« Oui, c'est à peine croyable.

— Les nouvelles sont-elles bonnes ? Tu sais que j'ai travaillé au *New York Times* il y a bien longtemps. Quelle expérience, quelle équipe ! Les meilleurs journalistes que je connaisse. Et pourtant, j'en ai fréquenté un paquet ! »

Le sujet m'intéresse. Je replie tant bien que mal mon journal et me tourne vers le directeur. Sa tenue est beaucoup moins détendue que la mienne : il porte un pantalon en velours épais, une veste matelassée bleu marine, une écharpe et un bonnet en cachemire assortis. Plutôt apprêté pour quelqu'un qui se balade dans un parc.

Le Dean égrène les noms des journalistes qu'il connaît. Pour lui, de vieux copains ; pour moi, des stars inaccessibles. Bouche ouverte, je ne perds pas un mot de son récit. L'ambiance électrique de la rédaction, les cendriers remplis, les secrets d'État discutés en conférence de rédaction, les scoops qui bouleversent le chemin de fer à quelques heures du bouclage, les sources un peu limites qui révèlent des informations douteuses et impossibles à vérifier, le *off* que l'on doit respecter en toute occasion, les pressions politiques… Le Dean jubile de me voir captivée.

Il multiplie aussi les contacts physiques : un coup de coude pour une phrase complice, une main sur le bras pour me tenir en haleine, une main sur l'autre bras pour tester ma complicité ; son étreinte dure plus qu'elle ne devrait, elle me dérange. Je n'ose cependant pas m'en dégager, de crainte qu'il n'interrompe son récit passionnant. Au bout de longues minutes, sa main se desserre. Instinctivement, je recule de quelques centimètres sur le banc. Mais il s'avance sans cesser de parler, approche son visage du mien. Ses yeux ne me quittent pas. Ils me fixent de haut en bas, s'attardent sur mes cuisses, scrutent ma bouche, je crois même qu'il observe mes cheveux. Troublant. Ses doigts tremblent un peu.

Mais non, pourquoi trembleraient-ils ? Qu'est-ce que tu t'imagines, Marie ? Cet homme pourrait être ton père. C'est le directeur de ton école. Il est juste passionné par ses propres histoires.

Soudain, la main ne tremble plus. Elle s'abat sur ma cuisse avec une vigueur qui me stupéfie. Juste au-dessus du genou. Pas une caresse. Une étreinte virile pour appuyer son propos. L'avenir du journalisme, c'est moi ! Enfin, mes camarades de l'école et moi. Nous sommes la relève, et c'est pour cette raison que nous devons obtenir la meilleure éducation. Point.

Il relâche la pression et me libère.

La nuit tombe, il fait décidément bien froid. J'ai envie d'être chez moi. Je réussis à prendre congé rapidement. Sur le chemin, je me rue dans un *take away* mexicain pour faire le plein de tacos et de burritos. De quoi nourrir une colonie. Assise en tailleur sur mon lit, je passe la soirée devant une série en me gavant jusqu'à l'écœurement. Je rêve toute la nuit que je suis Michelle Pfeiffer dans *Personnel et confidentiel*. L'actrice aux yeux de chat y incarne une présentatrice météo dévorée d'ambition qui devient reporter de télévision à succès grâce à son charmant mentor, Robert Redford.

Deux semaines passent sans nouvelles du Dean Marshall. J'ai entendu dire qu'il était parti en tournée pour lever des fonds pour l'école. Je commence à avoir le mal de la France. Heureusement, Noël approche, et donc mon retour pour les vacances. Ma famille me manque aussi.

Tout est si différent, ici. Même les yaourts. Celui que j'engloutis devant mon ordinateur, un samedi après-midi, est gélatineux, avec un goût de dentifrice à la fraise. La sonnerie du téléphone interrompt mes pensées pratiques. À cette heure, ce doit être ma mère. Elle a pris l'habitude de m'appeler tous les samedis avant de dîner.

« Allô ?

— *Bwon-jourrr*, dit une voix d'homme avec un fort accent américain.

— *Who is this* ?

— *This is John on the phone.* »

J'éloigne le combiné de mon oreille.

Quoi ? Mais pourquoi m'appelle-t-il en plein week-end ?

« Bonjour, Monsieur. Que puis-je faire pour vous ?

— J'ai beaucoup aimé nos récentes conversations, chère Marie. Je me demandais si vous accepteriez de me retrouver au parc, comme la dernière fois.

— C'est-à-dire… J'ai beaucoup de devoirs… Et en plus, il pleut. »

Un coup d'œil à ma fenêtre, et je crois être sauvée. Le temps n'est pas du tout propice à une balade.

« Oui, je comprends. Dans ce cas, puis-je vous proposer de prendre un café ? Il y a un *coffee shop* très sympathique *downtown*.

— *Downtown* ? C'est à l'opposé de là où j'habite.

— Justement, cela vous fera sortir de votre quartier ! Je vous y retrouve dans une heure. »

Juste le temps de noter l'adresse, mais plus d'excuse pour échapper au Dean.

Est-ce qu'il propose des cafés à tous les étudiants de l'école ? Cela fait-il partie de ses attributions ? Peut-on dire non, dans ce cas ? Et d'ailleurs… Qu'est-ce que je risque à dire non ? Je n'en ai aucune idée. Mais se mettre à dos le directeur de son école, cela ne peut qu'être préjudiciable.

Or je ne peux pas me permettre de rater mon année et de quitter New York sans diplôme. Mes parents ne me le pardonneraient pas.

Je m'habille à la hâte, attache mes cheveux, enfile des baskets, un imperméable, et pars en direction du métro.

Une demi-heure plus tard, je repère le fameux *coffee shop* où le Dean m'a donné rendez-vous. La devanture tombe en ruine. Ce doit être une institution dans ce quartier ; sinon, je ne comprends pas – ce lieu n'a rien de « sympathique ».

Un serveur avenant me salue et me demande si je viens déjeuner. Je lui réponds que je rejoins quelqu'un. Je ne me voyais pas lui dire que j'ai rendez-vous avec un ami, pas plus qu'avec le directeur de mon école. Il plisse les yeux, prend un air coquin. Il m'indique le fond de la salle. Est-ce que c'est ce monsieur qui m'attend ? Je contourne le bar et la caisse, parcours l'étroit couloir menant à une seconde salle, vide de clients. Une seule table est occupée. La table des hommes mariés qui déjeunent avec leur maîtresse. La table de ceux qui échangent des secrets. La table de ceux qui ne veulent être ni vus ni entendus.

Je devrais tourner les talons, je n'ai rien à faire ici. Mais déjà il me tend les bras, sourire carnassier, torse bombé. Il se lève en repoussant bruyamment sa chaise, s'avance vers moi, colle deux baisers appuyés sur chacune de mes joues.

« C'est une tradition en France, n'est-ce pas ? »

Il est fier de son effet ; il a même pris un accent français pour le dire. Il est ridicule, mais je souris bêtement.

« Oui, c'est vrai. Il paraît que, dans certaines régions, on fait même quatre bises. »

Il croit que c'est une suggestion déguisée et m'embrasse de nouveau deux fois. J'en frissonne.

Son contact me répugne.

« J'en profite, alors ! »

Lorsqu'il se retourne enfin pour se rasseoir, je passe discrètement ma manche sur ma joue.

Quand il parle, j'oublie à quel point il est laid. Cet homme a tout lu, tout vu. Il m'entretient d'histoire, de littérature, de voyages, de politique. Il me décrit des situations cocasses, des reportages héroïques, des zones de guerre, des luttes d'influence. Ma vie semble si pauvre par rapport à la sienne. Je n'ai pas d'anecdotes à raconter, aucune expérience qui fasse le poids. Je ne peux qu'écouter, absorber son flot de paroles en hochant la tête.

Une heure passe, une deuxième. Il commence à faire sombre dehors.

« Je dois rentrer », avoue-t-il à regret.

Il jette quelques dollars sur la table et se lève précipitamment.

« Restez encore quelques instants. Je préfère qu'on ne nous croise pas ensemble. Vous comprenez ? »

Évidemment, je comprends.

9.

Je savais bien que cela arriverait.

Mon compte en banque est vide. Après trois essais infructueux, la caissière me rend ma carte d'un air embarrassé.

« Auriez-vous une autre carte de paiement ? Ou du liquide ? » me glisse-t-elle à voix basse.

Elle semble habituée à ce genre de situation. Son regard empreint de pitié et de gêne me glace. Non, je n'ai pas de solution.

J'abandonne les deux jeans, les trois tee-shirts et les quelques dessous que je comptais acheter. À force de mal me nourrir, j'ai encore grossi. Mais je n'ai plus d'argent. Et on n'est que début décembre ; je dois tenir jusqu'aux vacances.

J'aurais dû suivre le conseil de ma mère : faire un budget par écrit, avec les factures d'électricité, de téléphone, etc., et ce qui reste pour la vie de tous les jours. Pas un truc pour moi, ça, la planification…

Rouge de honte, je tourne les talons et me dépêche de rentrer. Impossible d'appeler mon père à la rescousse. Je l'ai déjà fait le mois dernier, et ce n'était pas une expérience très plaisante.

Et si j'en parlais au Dean Marshall ? Il m'a proposé son aide à plusieurs reprises. Évidemment, il n'a jamais été question d'argent, mais je pourrais bien lui demander conseil ? D'autres étudiants se sont forcément retrouvés dans le même cas.

Je sors de mon sac le Post-it où il a griffonné le numéro de sa ligne directe au bureau. Par chance, il répond immédiatement.

« Dean Marshall ? C'est Marie au téléphone.

— Marie ! Je t'ai déjà dit de m'appeler John ! Comment vas-tu ?

— J'ai un problème… Rien de grave. Je ne sais pas si vous pouvez m'aider. En fait, je ne sais pas à qui m'adresser, à part vous.

— Ça commence bien. On peut en parler autour d'un déjeuner ? Demain. Nous pourrions nous retrouver au même *coffee shop* que la dernière fois ?

— C'est un peu loin de l'école… Mais entre deux cours je devrais y arriver.

— À demain, Marie. *Can't wait !* »

Cette fois, je n'attends pas que le serveur m'indique le chemin. Je sais d'avance que le Dean m'attend au fond, à l'abri des regards. Comme c'est devenu son habitude, il se lève d'un air enjoué et m'embrasse comme du bon pain. Mais lorsqu'il m'invite à m'asseoir, il prend un air inquiet.

« *What is going on ?*

— Je suis vraiment désolée de vous embêter avec ça. Comment dire… Je n'arrive pas à boucler les fins de mois. J'imagine que je ne suis pas la seule étudiante dans cette situation ?

— C'est le moins qu'on puisse dire.

— Que font les autres, dans ce cas ?

— Marie, c'est fou que tu me poses la question ! Je n'en reviens pas. »

Je ne m'attendais pas à cette réponse. Il poursuit sur un ton paternaliste et amusé à la fois.

« Tu n'as pas entendu tes camarades parler de leurs petits boulots ? Baby-sitting, petits cours, serveurs du soir et du week-end, vendeurs dans les magasins… Non ? Ça ne te dit rien ? Il serait peut-être temps de grandir, tu ne crois pas ?

— J'ai gardé beaucoup d'enfants à Paris, mais ici, je ne connais personne. »

Pas besoin qu'il me fasse la leçon. Je me tords les doigts de nervosité, les yeux fixés sur la table en bois verni. Il doit me prendre pour une idiote.

« Je vais t'aider. Voilà ce que je te propose : ma fille a 13 ans, elle étudie le français à l'école. À l'écrit, elle ne se débrouille pas trop mal ; mais à l'oral, c'est une catastrophe. Viens lui faire la conversation deux fois par semaine, et je te paierai 50 dollars de l'heure.

— C'est beaucoup plus que les tarifs normaux !

— Disons que c'est mon petit coup de pouce. Mais cela reste entre nous ! Si j'apprends qu'un élève de l'école est au courant, je serai très en colère contre toi. Compris, Marie ?

— 100 dollars par semaine, ça ne se refuse pas.

— C'est ce que je pense aussi. *Deal ?* Voici ma carte de visite, avec mon adresse. Viens mardi à 17 heures. Et maintenant, file ! »

Une fois dans le métro, je me rends compte que je ne l'ai même pas remercié. Est-il aussi aidant avec les autres étudiants ? Ou bien s'agit-il d'un traitement de faveur ? Secrètement, je le souhaite. J'en serais flattée. Un homme comme lui !

Je dois faire attention à mon image, cesser de me montrer immature. J'ai bien vu que je le décevais tout à l'heure. Il pourrait m'ouvrir de nombreuses portes. Après tout, rien ne m'oblige à rentrer en France à la fin de l'année. Le diplôme de l'école me fournit un visa automatique pour travailler aux États-Unis pendant un an. Je pourrais prolonger l'aventure américaine. Entrer dans une rédaction new-yorkaise. Grâce à lui.

Accaparée par mes plans d'avenir, j'en oublie de descendre à la station de l'université. Les portes du métro se referment bruyamment. Je vais arriver en retard en cours de rédaction. Tant pis, autant aller flâner à Harlem !

Le mardi suivant, je me présente à 17 heures précises à l'angle de Lexington Avenue et de la 63e rue. J'ai soigneusement attaché mes cheveux. Je porte une chemise et un pantalon noirs ; c'est la tenue qui me semblait la plus appropriée pour embrasser le rôle d'une professeure en herbe. Je crois que cela me donne de l'autorité.

Le portier est prévenu de mon arrivée, il m'indique le 57e étage. Mes oreilles se bouchent dans l'ascenseur (je ne me fais toujours pas à ces gratte-ciel). J'observe mon reflet dans le miroir : on dirait une gamine. J'aurais dû mettre un peu de rouge à lèvres, noircir mes yeux, appliquer du fard sur mes paupières, histoire d'être plus crédible. Avec mes seins minuscules et mes fesses rebondies, on me donnerait à peine 15 ans – soit à peu près l'âge de mon élève.

Je souffle un grand coup et sonne à l'appartement. Une gouvernante me reçoit et me présente Laura Marshall, la fille de John. Elle me sourit, laissant percevoir derrière son appareil dentaire de grandes dents en passe d'être bien rangées. Un sourire généreux et innocent. Poli et gracieux.

Laura émet un bonjour timide teinté d'un fort accent américain – le même que celui de son père.

« Nous *iwons* au salon ou dans ma *chambwe* ? » me demande-t-elle avec autodérision.

Je la félicite.

« Restons dans le salon, si tu veux bien. C'est très approprié pour une discussion. »

Le Dean a exagéré : sa fille se débrouille très bien en français. Elle a su répondre à toutes mes questions ; il fallait simplement la reprendre sur ses formulations, son vocabulaire ou ses accords. Comme je la comprends ! Comment intégrer le genre des noms quand, dans sa langue maternelle, ils sont tous logés à la même enseigne ? *A thing* n'est pas *une* chose, c'est *un* et *une* à la fois – qui a un jour eu l'idée saugrenue de décider qu'il fallait choisir ? *Nonsense.*

L'heure passe plus vite que prévu. J'apprends que Laura est fille unique, qu'elle habite chez sa mère, à quelques rues de là, que ses parents sont divorcés depuis très longtemps. Elle vient chez son père quand elle le souhaite, plutôt le week-end. Elle aime jouer du violon et au tennis. Les autres sports l'intéressent peu. Son temps libre, elle le consacre à la lecture. Des auteurs anglo-saxons, bien sûr. Et aussi quelques Français. Hugo, Balzac, Camus, Colette… Mais elle les lit dans leur traduction. Cela lui prendrait des mois pour finir un livre en français, le temps de chercher tous les mots dans le dictionnaire.

Elle secoue ses boucles brunes avec espièglerie. Je lui lance un défi : choisir un roman en français et en lire quelques pages pour me les raconter la semaine prochaine. Laura me rappelle que je suis censée venir *deux fois* par semaine et qu'elle ne s'attendait pas à ce que je lui donne des devoirs. L'adolescente tente de négocier. Je reste ferme. Je reviendrai dans trois jours, et nous parlerons à nouveau de son quotidien, de ses dernières vacances, si elle le souhaite. Et la fois suivante, nous aborderons la littérature. Elle acquiesce avec un large sourire, toujours aussi avenant.

Dans l'entrée, une enveloppe à mon nom est posée sur la console, à côté d'une pile de clés. La gouvernante me la remet avec cérémonie et ferme la porte derrière moi. Dans l'ascenseur, je compte les billets. 50 dollars, comme promis. Pas de mot. Me voilà rassurée. Tout s'est bien passé.

« Oui, tout s'est bien passé. »

Je l'en informe par téléphone. Le Dean veut tout savoir de ce que nous nous sommes dit.

« Elle t'a parlé de sa mère ? Nous avons divorcé quand elle était toute petite. Elle n'a jamais vu d'autre femme chez moi. Enfin… Aucune officielle. »

Je le laisse parler. Ne lui pose aucune question. À la fois curieuse et gênée de découvrir un peu de son intimité. Comme si je n'étais pas à ma place.

Soudain, le Dean me prend de court.

« Tu n'es pas venue en cours de rédaction vendredi dernier ? »

Je rassemble mes souvenirs.

« Ah oui. Je me suis perdue après vous avoir vu. J'étais tellement en retard que j'ai préféré ne pas venir du tout.

— Tu sais que je ne tolère *aucune* absence ? Cette fois, c'est un peu particulier. Tu n'as dit à personne que tu me voyais, j'espère ?

— Bien sûr que non.

— Et à Laura non plus ? Personne n'est au courant ?

— Non, personne.

— Bien. Je vais faire disparaître cette absence. Évidemment, cela reste entre nous. Je peux te faire confiance, Marie ? Je veux bien te rendre quelques services, mais je dois compter sur ta discrétion.

— Promis, Monsieur.

— Appelle-moi John ! »

Il reprend ses questions sur le petit cours avec Laura. Il veut un compte rendu minute par minute. L'idée de lui faire lire progressivement un roman en français lui plaît beaucoup. Il va lui conseiller de commencer par *Madame Bovary*, et enchaîne sur sa propre passion pour Flaubert.

« Que penses-tu d'Emma, de son rapport aux hommes ? » me demande-t-il.

J'esquive la question.

« Voudriez-vous aussi un cours de littérature française, John ? dis-je d'un ton peu convaincu.

— J'adorerais... », s'empresse-t-il de répondre.

Et cette réponse sonne trop vrai pour ne pas l'être.

« Tu pourrais être ma *maîtresse* », ajoute-t-il en prononçant ce dernier mot en français.

Je prétends ne pas comprendre. Je n'ai aucune envie de m'engager sur ce terrain glissant. Réalise-t-il que son propos est déplacé ? Peut-être n'est-ce que la mauvaise blague potache d'un homme de cette génération.

J'ai remarqué qu'il se permettait de plus en plus d'audaces à mon égard. Mais seulement en privé. Quand je le croise dans les couloirs de l'école, il me salue à peine.

Ce qui me rassure, car je sais que Heather m'a à l'œil.

10.

« *You, white devil !* »

J'ai évité sa main de peu. Elle est venue s'écraser sur la caméra, qui est tombée par terre. Tout ça parce que mon coéquipier boutonneux, Andrew, n'a pas levé un petit doigt pour me défendre.

Nous étions partis en reportage ce matin dans un refuge du Lower East Side, et personne n'acceptait de répondre à nos questions. Clairement, nous dérangions. Mais nous avions un *assignment*, et nous ne pouvions rentrer à l'école sans avoir de quoi faire un sujet vidéo sur les soupes populaires à New York.

Deux jeunes étudiants blancs venus filmer des SDF noirs – ou plutôt afro-américains, comme on dit ici –, ça partait mal. Nous nous sommes fait sortir au milieu des insultes.

Andrew, avec un air pincé, inspecte la caméra dans tous les sens. Il ne veut pas payer les réparations éventuelles.

« Si tu m'avais aidée, on n'en serait pas là.

— Pour ce reportage, c'est *toi* la journaliste, et *moi* le vidéaste. C'est à toi de mener les interviews !

— Mais là je me suis fait insulter, au cas où tu n'aurais pas remarqué ! Et j'ai failli me faire gifler. Tu aurais pu t'interposer... Tu es un homme, quand même !

— Ah non, ce n'est pas une question de genre. Tu pouvais très bien te défendre toute seule. Les femmes veulent être les égales des hommes, qu'elles assument ! »

Soit il ne comprend rien, soit il fait semblant de ne rien comprendre. Les races, les genres : on ne parle que de ça, ici. Tout le monde est censé cohabiter à coups de quotas, mais on en est bien loin.

Heureusement, la caméra fonctionne. Andrew se calme. Il connaît un autre endroit où nous pourrions tenter notre chance. Nous avons toute la journée devant nous.

Cette nuit-là, je fais des cauchemars ; mon cerveau se repasse l'agression en boucle. Je me réveille en sursaut et en sueur. La gorge sèche. La boule au ventre. Si je ne suis pas capable d'aller au-devant des gens, de les mettre en confiance pour les faire parler, peut-être ne serai-je jamais une bonne journaliste. J'aimerais être magnétique. Que ce soit plus facile d'aborder les autres, de nouer des liens. Ne plus avoir l'angoisse d'être mal accueillie. Arrêter d'être polie et d'avoir en permanence l'impression de déranger. Un journaliste interrompt, rentre dans le lard, cherche jusqu'à ce qu'il trouve. Ai-je cette âme-là ? J'ai déjà renoncé au journalisme de guerre. Je ne me suis pas inscrite au prestigieux cours consacré à cette discipline. Je préfère un métier moins risqué, au chaud dans une rédaction.

Comme par hasard, le Dean Marshall croise de nouveau ma route à Central Park le dimanche matin suivant. Plus que deux semaines avant Noël. Il porte un jean, cette fois, et des baskets. J'ai failli ne pas le reconnaître. Son bonnet gris souligne l'arrondi de son visage et fait ressortir ses joues rebondies et rougies par les températures d'hiver. J'ai froid, moi aussi. Emmitouflée des pieds à la tête, je sautille sur place pour me réchauffer. Il m'examine en souriant.

« Marie, tu es et tu seras une excellente journaliste.

— Je ne suis pas sûre d'en avoir la trempe ni même le tempérament. Vous, par exemple, quand et comment avez-vous su que vous étiez fait pour ce métier ?

— J'ai toujours été curieux des autres. Enfant, j'allais parler à tout le monde, je posais mille questions. Je ne saurais pas vraiment dater cela... Je n'ai pas eu une illumination, je ne me suis pas réveillé un jour en me disant que je deviendrais journaliste. J'ai fait des études de lettres, enchaîné les stages, puis décroché mon premier job dans un journal local. Étape après étape, j'ai appris mon métier – et j'ai surtout appris à l'aimer. Quand on aime faire quelque chose, il faut se donner à fond.

— J'ai envie de travailler, j'ai *vraiment* envie de réussir. Mais depuis ce qui s'est passé à la soupe populaire, je doute. Est-ce que je suis capable d'être une bonne journaliste ?

— Je ne crois pas au déterminisme, Marie. Je crois aux efforts qui paient. Quand on est intelligent comme toi, on peut tout faire.

— Merci. »

Il me regarde d'un air tendre. Trop tendre. Et tente de me prendre dans ses bras. Sentant mon désarroi, il me serre une fois, un *hug*, et me lâche. De nouveau, il plonge ses yeux dans les miens et me demande si je ressens la même chose que lui. N'ayant pas compris ce qu'il veut dire, je lui fais répéter.

« *Do you feel what I feel ?*

— *I am not sure.*

— Ta timidité me touche, Marie. *Tu* me touches. Tu es vraiment quelqu'un de spécial… »

Et là, je ne sais pas trop quoi répondre. Ces mots éveillent en moi une immense culpabilité. Comment ai-je pu me retrouver dans cette situation ? Surtout, comment m'en sortir sans le blesser ? Sans le vexer ? Sans qu'il le prenne mal ? Je veux mettre fin à cette ambiguïté qui, d'un coup, me saute au visage comme une gifle. J'ai tendu la joue. Je récolte le fruit de mon aveuglement. Comment faire marche arrière ?

Je pensais n'être pour lui qu'une étudiante étrangère un peu perdue ; serait-ce possible qu'il me voie comme un objet de désir ? Idiote que je suis, je l'ai séduit, c'est évident. Je ne veux pas l'affronter. Mieux vaut fuir.

Je me lève précipitamment, prétextant un rendez-vous avec des amis. Sans perdre son sourire, il me salue et murmure qu'il a hâte de me revoir. Je ne réponds rien. Je compte bien m'effacer.

11.

On se souvient toujours de son premier baiser, même si l'on en est rarement fier. J'avais 15 ans, un garçon de la classe B (j'étais en A) m'avait donné rendez-vous à l'angle de ma rue afin que nous fassions ensemble le chemin pour aller au lycée. Comme j'étais la dernière de mes copines à ne pas avoir sauté le pas, j'avais bêtement dit oui. Pourtant, rien en lui ne m'attirait : son ricanement stupide, son appareil dentaire, sa peau grêlée de boutons – vraiment rien. C'était toutefois le seul à s'intéresser à moi.

Ce matin-là, nous étions partis très en avance. En approchant d'une impasse, il m'a proposé de faire une pause sous un porche d'immeuble. Il tremblait un peu. Nous avons déposé nos sacs à dos à nos pieds. Il a saisi mes épaules, a avancé son visage tout en l'inclinant. C'était étrange, baveux, et surtout très long. Un premier baiser raté, en somme.

J'ai longtemps pensé que d'avoir accepté qu'il m'accompagne avait enclenché un engrenage menant à ce mauvais baiser auquel je n'avais pu échapper. D'ailleurs, ma mère m'a toujours dit qu'il ne faut pas accepter de dîner en tête à tête avec un homme si l'on ne veut pas risquer plus avec lui. Surtout ne jamais donner de « faux espoirs ».

Avec le Dean Marshall, j'ai bien essayé d'appliquer la règle. Cela n'a pas fonctionné.

« Désolée, John, je ne peux pas. Je dois rentrer faire mes devoirs. »

Le Dean se retourne fiévreusement pour vérifier que personne n'entend notre conversation. Il semble pressé.

« Marie, ça fait presque *deux* semaines qu'on ne s'est pas parlé. Dans quelques jours, tu pars en France. Que se passe-t-il ? Viens dans mon bureau. Cinq minutes, pas plus. »

Voyant mon hésitation, il poursuit.

« Je t'ai recommandée pour une bourse, et j'ai besoin que tu signes des papiers. »

Depuis ce fameux dimanche, je rase les murs de l'école. Je suis parvenue à l'éviter. J'ai annulé les petits cours avec Laura les uns après les autres, j'ai débranché mon téléphone. Je n'ai pas mis un pied au parc, j'ai commandé tous mes repas aux restaurants du coin. Pour sortir le moins possible. Réduire les chances de tomber sur lui. Cette fois, il a été plus fort que moi. Il s'est planté à la sortie de mon cours de radio, le dernier de la journée. Il s'est adressé à moi devant tout le monde.

Que faire d'autre ? Je le suis.

Bien sûr, Michelle n'est pas là. Il est 18 heures passées. Le bureau est éteint. Le Dean Marshall allume une lampe, mais la pièce reste sombre. Des photos de journalistes célèbres, d'anciens élèves, tapissent les murs. J'essaie de les distinguer pour calmer mon angoisse. Peine perdue. L'homme prend la forme diffuse d'un monstre, un ogre, comme dans mes livres d'enfant. Il m'invite à le précéder, et je sens son corps imposant dans mon dos. Je pense à Barbe-Bleue. Je suis toute petite. Il ferme la porte. Et prend ma main pour me faire face. Il n'a pas pu attendre une minute de plus.

Ça bourdonne dans ma tête. Comme des petites bulles qui éclatent sous mes tempes. J'ai chaud. Il me donne chaud. Ou bien il fait très chaud dans la pièce. Je ne sais pas bien. Je me concentre sur cette sensation de chaleur qui m'électrise des orteils à l'extrémité des oreilles. Ça me rassure, d'avoir trop chaud. Ça veut dire que je suis vivante. L'ogre peut me manger ; tant que je sens cette fièvre, je résiste.

Grâce à cette chaleur, mes pensées s'échappent. Je pense à mon dernier cours d'écriture. Nous nous sommes entraînés à rédiger des *obituaries*, ces portraits de personnes célèbres décédées qui sont publiés en fin de journal. Naïvement, je n'avais jamais imaginé que les rédactions préparaient à l'avance des centaines de nécrologies.

Mon esprit, comme dissocié, aurait-il quitté mon corps pour de bon ? Celui-ci envoie des signaux indépendants. Je ne le maîtrise plus, il vit sa vie. Ainsi, je n'ai pas retiré ma main de son étreinte. J'aurais pu, mais je ne l'ai pas fait. Et je ne me l'explique pas. Je n'ai pas freiné les caresses de l'ogre, faites par son autre main. D'abord sur ma taille, puis sur mes seins. Il a embrassé mon cou, soufflé dans mon oreille – comme si ça pouvait m'exciter ! –, léché son lobe.

Là encore, je n'ai pas émis un signe de protestation.

Je l'ai laissé se frotter contre moi, et je n'ai rien dit. Non, pas un mot quand il a déboutonné mon jean et m'a retournée contre le mur. J'ai plaqué mes lèvres contre la peinture sèche. Comme une excuse pour rester silencieuse, ce bâillon de fortune. Je me demande si je ne l'ai pas aidé à ouvrir sa braguette, pour aller plus vite. Mais je n'en suis pas sûre.

Ce que je sais, c'est que j'ai verrouillé mon cerveau. Lui ne participe pas à tout ça. Il n'aurait jamais pu. Il est témoin, mais pas acteur. Il constate : préliminaires, pénétration, jouissance. Celle du monstre, bien sûr. Mais il ne valide pas. Il attend que ça passe. Il écoute, aussi. Il entend la respiration de l'ogre, mais il entend aussi ses mots.

Des mots d'amour. Des mots doux. Des mots gentils. Tu es belle. Tu es sublime. C'est fou ce que je ressens.

C'est plus fort que moi. Tu m'obsèdes. Tu m'attires. Tu es à moi, maintenant. Je t'aime. *I love you.*

C'est à ce moment qu'il a terminé son carnage et m'a serrée très fort. Et c'est là que j'ai eu peur. Je me suis mise à frissonner. M'avait-il tuée ? Était-ce la lame d'un poignard, ce froid glacial dans le bas de mon ventre ?

Silence post-coït. Je n'ai toujours pas prononcé un mot. Il a l'air si heureux, épanoui comme un homme qui vient de faire l'amour. Mais alors, qu'ai-je fait, moi ? Comment le nommer ?

Je n'ai rien FAIT. J'ai laissé faire. Nuance.

« Je le signe, ce papier ?

— Tu ne perds pas le nord ! En fait, je n'ai rien à te faire signer pour l'instant. On attend toujours quelques formalités administratives. Mais tu avais bien compris qu'il ne s'agissait pas d'une signature ?

— Évidemment. Je peux y aller, maintenant ?

— Tu ne veux pas rester encore un peu, Marie chérie ? »

Pas facile de fermer les boutons de mon jean alors que je tremble comme une feuille. Une fois rhabillée, je lisse la pagaille de mes cheveux. Ressortir comme je suis entrée, comme si de rien n'était. Peut-être que cela effacera la violence de ce qui vient de se passer. La violence de l'orage qui vient de déchirer mon ciel.

Mais il ne me laisse pas partir, pas encore. C'est lui qui décide quand ça doit se terminer.

« Une dernière chose, Marie. Tout ça reste entre nous, tu as bien compris ? Je risque ma carrière, avec toi.

— Oui. »

Il saisit mon menton.

« Regarde-moi bien. Je risque ma carrière. Mais sais-tu ce que tu risques, toi ?

— …

— Je vais te le dire. Tu risques d'être renvoyée de cette école. Que diraient tes parents, ta famille, tes amis, si tu rentrais bredouille en France ? N'aie pas peur, Marie. Je vois que tu comprends très bien ce que je veux dire. D'ailleurs, je vais t'aider, car je sais que ce n'est pas facile pour toi… La langue, la culture… Je vais t'aider. Tu verras, je sais très bien faire. »

Cette dernière phrase m'interpelle. Est-ce que je ne suis pas la première ? Est-ce qu'il se comporte souvent ainsi avec ses étudiantes ? Si d'autres jeunes filles l'ont laissé faire, peut-être qu'elles en avaient vraiment envie, elles ? Peut-être étaient-elles consentantes ?

Il me faut une bonne heure sous la douche brûlante pour reprendre possession de mon corps. Longuement, délicatement, je le savonne, repassant plusieurs fois sur chacun de mes membres pour être sûre de n'oublier aucun millimètre carré de peau.

Que chaque pore soit réconforté. Que chaque grain soit caressé comme une prière. Pardon, mon corps, de t'avoir abandonné et de l'avoir laissé te faire ça. C'était vital de m'échapper. L'ogre m'a fait si peur. Il m'a dévorée, mais je suis toujours là. Je suis toujours Marie, je tiens debout, et ce n'est pas si mal.

Je jette un œil à mon reflet dans le miroir. Apparemment, rien n'a changé. Pas de traumatisme, pas de trace de violence, pas de bleu. Cela m'étonne.

Peut-être n'est-ce pas si grave, après tout. C'est un secret entre deux adultes, ça ne regarde personne, et personne ne le saura jamais. Voilà une pensée qui me réconforte.

Épuisée, le cœur au bord des lèvres, je gobe un calmant que ma mère m'a confié en cas de gros stress avant les examens et me glisse sous la couette. Douze heures de sommeil. J'aviserai après.

L'épisode avec l'ogre me coupe l'appétit pendant deux jours. Puis je me jette sur tout ce qui pourrait me faire plaisir et combler mon estomac. Des sucreries, essentiellement. Affamée après le vide. Une fois le ventre plein, saisie par la culpabilité, je vais courir une heure entière à Central Park. J'ai mal partout, mais je trouve mon second souffle. Et une détermination de reine. Alors, je continue à courir. Jusqu'au quasi-malaise.

De retour dans mon studio, je décroche le téléphone pour appeler Éliette, une amie française avec qui je dois dîner le soir même.

« J'ai été malade au parc. Je crois que j'ai un peu trop tiré sur la corde. Ça te va si on décale ?

— Tu es sûre ? C'est la troisième fois que tu annules. Avant c'était parce que tu avais trop de travail, cette fois c'est parce que tu as trop couru... Dommage, parce que je voulais te présenter mon cousin qui vient d'arriver à New York ! Il habite Brooklyn, mais on peut se retrouver à Midtown. Viens ! »

Je finis par accepter. Parce que je suis à court de bonnes excuses. Parce que j'ai besoin de me changer les idées.

J'enfile une minijupe noire, un col roulé assorti et des baskets. Je ne risque pas de croiser le Dean ce soir, car le restaurant où nous avons rendez-vous est très prisé des étudiants new-yorkais. On y sert des galettes italiennes fourrées de mozzarella, de charcuterie et de roquette, le tout accompagné d'un verre de vin toscan, pour un prix très raisonnable.

Quand j'arrive, Éliette est déjà en pleine conversation avec un jeune homme brun qui porte des lunettes. Stéphane est niçois, ce qui met un peu de soleil dans son français. Ses yeux marron clair sont doux, et son sourire est franc. Il se lève, m'embrasse sur les deux joues et attend pour se rasseoir que je sois bien installée. Il me sert de l'eau, du vin, et parle beaucoup. Ça tombe bien : j'ai besoin d'écouter les autres. Le bruit couvre le bourdonnement du souvenir de l'ogre.

Éliette, qui étudie le droit dans la même université que moi, semble enchantée par la conversation. Elle finit quand même par me révéler que Stéphane est son cousin, qu'il est journaliste, et qu'elle avait très envie de nous présenter.

« Vous êtes faits pour vous entendre ! » laisse-t-elle échapper, grisée par l'ambiance.

Stéphane sourit, un peu gêné. J'ai le plus grand mal à soutenir son regard.

« Je suis correspondant pour une agence d'informations financières. Ce n'est pas forcément le job dont je rêvais, mais on ne refuse pas une offre à New York. D'autant plus qu'ils paient mon appartement. Et toi, où vis-tu, Marie ?

— Très loin de Brooklyn.

— Près de l'université, c'est ça ?

— C'est ça. »

Je ne réalise pas à quel point je suis froide.

« Et tu es contente de ton école ?

— Oui.

— Tu travailles beaucoup ?

— Oui. »

Éliette s'agace de mon manque d'entrain. Elle se met à parler fort, avec les mains. Elle brasse de l'air.

Stéphane fait mine de ne rien remarquer. Le bourdonnement s'intensifie. Je crois sentir le corps de l'ogre cogner contre le mien.

« Marie, que se passe-t-il ?

— Pardon, je pensais à autre chose.

— Quelque chose qui fait peur, non ? Tu avais l'air effrayé. Tu ne serais pas allergique ?

— Excusez-moi, j'ai besoin de me rafraîchir. »

L'eau glacée gifle mes joues et me remet un peu les idées en ordre. Je suis en colère contre moi-même.

Tu es obligée de penser à ça en plein dîner ? Tu ne peux pas faire abstraction et profiter de ta soirée avec des gens normaux ? Les mains de chaque côté du lavabo, le corps penché en avant, je secoue ma tête pour chasser les images de cette soirée tragique. Essaie encore. Essaie de passer une bonne soirée.

« Désolée, les amis, je ne sais pas ce qui m'a pris. Certainement un coup de fatigue. Éliette, je t'avais prévenue que j'étais épuisée. Mais c'est tellement sympa de dîner avec vous. On en était où, déjà ?

— Je ne sais plus. Et de toute façon on doit rendre la table. Je demande l'addition. »

Éliette propose de partager un taxi, puisque nous n'habitons pas loin l'une de l'autre. Elle n'a pas l'air de m'en vouloir. Son cousin non plus, puisqu'il me demande mon numéro de téléphone. Mais cette fin de dîner me laisse un goût amer, l'impression d'avoir gâché un bon moment.

Dans le taxi, Éliette s'inquiète de mon moral. Elle pense que j'ai le mal du pays.

« Tu ne nous ferais pas une petite déprime ? » me demande-t-elle en prenant mon bras.

Son contact me fait l'effet d'une décharge électrique. Mon corps, en mode défense, ne supporte pas le moindre effleurement.

« Peut-être. Il se passe tellement de choses dans ma tête en ce moment. J'ai l'impression de vivre dans un tourbillon. »

Éliette me sourit sans comprendre. Nous sommes en bas de chez moi.

« Prends soin de toi, Marie », me glisse-t-elle, tout en bienveillance.

Je me dis que je ne pourrai pas la revoir, et cela me rend triste.

Trois messages en absence. C'est le Dean Marshall qui prend des nouvelles, rappelle pour proposer d'aller boire un verre, puis insiste en s'inquiétant de mon silence.

« Marie, tu crois vraiment qu'il est raisonnable de sortir si tard ? J'essaierai encore dans une heure. Décroche, si tu es là. »

Il est minuit passé. Sa voix qui résonne sur mon répondeur, c'est comme s'il s'invitait dans mes murs. J'en suis terrifiée.

Le téléphone sonne de nouveau. Je n'ai pas la force de décrocher. Il laisse un message. Je crois comprendre qu'il s'inquiète, qu'il est sur le point de venir à ma rencontre, de se poster en bas de chez moi pour attendre mon retour. Encore une sonnerie. Cette fois, je décroche.

« Ma chérie, enfin ! Mais où étais-tu passée ?

— Je dînais dehors avec des amis français.

— C'était bien ? Mieux que de dîner avec moi, j'ai l'impression.

— …

— Tu ne réponds pas ?

— Oui, enfin non, ce n'était pas mieux… Je crois que je vais raccrocher, j'ai sommeil.

— Tu es seule ?

— Quoi ?

— Je répète : tu es seule ?

— Oui, je suis seule.

— Décris-moi ta chambre, j'ai envie de te visualiser.

— Je suis fatiguée, on peut se parler demain ?

— Allez, fais un effort… J'ai juste envie de t'imaginer dans ton lit.

— … En fait, il n'y a qu'une seule pièce qui fait bureau, salon et chambre.

— De quelle couleur sont tes draps ?

— Comment ça ?

— Marie, tu ne vois pas de quelle couleur sont tes draps ?

— Ils sont bleus. Je dois raccrocher, maintenant.

— Dommage. J'aurais adoré poursuivre cette conversation. Enfin, j'aurais surtout adoré me lover contre toi dans tes draps bleus. Peut-être un jour me proposeras-tu de te rejoindre au creux de la nuit ? J'en rêve…

— *Good night !* »

Je me suis débarrassée de lui. En raccrochant, je l'ai expulsé hors de chez moi. Je vais pouvoir dormir tranquille.

Peut-être.

12.

Je n'ai aucune envie de retourner à l'école avant les vacances. Enfant, quand je rechignais, j'avais beau insister, me plaindre de terribles maux, ma mère ne cédait jamais. Seule la fièvre – et seulement à condition que je dépasse allègrement les 38 °C – me permettait de rester au lit, sous ma couette fleurie que je remontais jusqu'au nez. Combien de fois, peu avant 8 heures, me suis-je allongée sur le ventre en travers du canapé du salon familial, espérant que la *boule* disparaîtrait ainsi. Je ne m'expliquais pas ces crises, ni pourquoi elles apparaissaient certains matins plutôt que d'autres. Et surtout pourquoi, une fois dans la salle de classe, le mal se dissipait comme par enchantement.

Ces jours-ci, la boule dans mon estomac persiste toute la journée et ne me laisse un peu de répit qu'une fois que je me réfugie dans mon studio, porte fermée et télévision allumée. À l'école, je me fais toute petite. Je vise la transparence. Je n'adresse plus la parole à quiconque. En cours, je ne réponds que si l'on m'interroge. Service minimum. J'aimerais sécher parfois, mais l'idée que cela revienne aux oreilles de mon père me terrifie. Il place tellement d'espoirs en moi. Il ne comprendrait pas.

J'ai peur de croiser la route de l'ogre. Parfois, sa présence est si palpable que je me retourne, effrayée qu'une main se pose sur mon épaule ou que sa voix grave m'apostrophe au détour d'un couloir.

Comme si je pouvais éternellement l'éviter. Je sais bien qu'il a mon emploi du temps, et les moyens de me trouver dans ce bâtiment.

Ça ne rate pas. Comme par hasard, il s'avance vers moi à la sortie de mon cours de photojournalisme. Je me fige. Il salue quelques étudiants, jovial, comme à son habitude, mais ne me quitte pas du regard. Sourire carnassier. Il me toise. Me fait un clin d'œil complice. J'ai honte. Je suis celle qui a couché avec cet homme répugnant. Haut-le-cœur. Surtout, que jamais personne ne l'apprenne ; j'en mourrais.

Toutes ces filles et tous ces garçons qui lui parlent, en quête d'attention, ricanent au moindre de ses mots. Ils veulent se faire connaître, sortir du lot, pour peut-être, un jour, se faire aider dans leur carrière. Jamais ils n'accepteraient de se retrouver au lit avec lui. Quoique. Il m'a dit qu'il « savait faire ». D'autres ont sans doute consenti. Mais moi, comment en suis-je arrivée là ?

Voilà qu'il cherche mon regard. Il se hâte de venir à ma rencontre. Je rougis, cela ne lui échappe pas. Il m'épargne, change de direction.

À la fin de la journée, en arrivant chez moi, je trouve une lettre glissée dans ma boîte. Elle n'est pas cachetée. Je sais trop bien qui en est l'auteur.

Sans quitter mon manteau ni mes baskets, je programme une musique douce et allume toutes les lumières. Je m'assieds en tailleur, le dos calé contre mon lit. C'est du temps de gagné avant d'ouvrir l'enveloppe. La gorge serrée, je finis par soulever son battant.

À l'intérieur, une carte de visite avec des mots écrits à la hâte.

« Pour vivre heureux, vivons cachés. Tout cela n'est pas compréhensible pour les autres. Pardon de t'avoir gênée tout à l'heure. Gardons notre secret hors des murs de l'école. Ta date sera la mienne. Dis-moi. »

Un malaise. Mes oreilles bourdonnent. J'ai très chaud, et je transpire soudainement. La nausée me coupe le souffle. M'allonger par terre, vite. M'allonger du côté gauche, en PLS, comme un accidenté. Je respire mieux.

La lettre est tombée. J'allonge la jambe droite pour la faire glisser jusqu'à ma main. Toujours à terre, je la saisis et la déchire, méthodiquement. Petit bout par petit bout. Qu'il n'en reste que des miettes.

Il faudra pourtant bien que je réponde.

Heureusement, les vacances de Noël sont proches. Mes parents ont réservé mon billet. Je dois passer deux semaines en France, en famille, à Paris. Chez moi. Loin de ce cauchemar. Cette idée me réconforte, mais je ne sais comment éviter le Dean avant la délivrance. La lettre est lue, sa question reste en suspens ; je ne peux pas demeurer silencieuse. Il ne me lâchera pas avant.

Je pourrais lui donner rendez-vous dans son *coffee shop* sordide et lui expliquer qu'il y a erreur sur la personne, que je ne souhaite pas entretenir une relation amoureuse avec lui. Je ne souhaite en fait entretenir avec lui *aucune* relation de quelque sorte que ce soit, pas même amicale. S'il insiste, je pourrais même le menacer de porter plainte.

Mais Marie, tu rêves éveillée ! Il ne t'a pas violée, puisque à aucun moment tu n'as refusé d'avoir une relation sexuelle avec lui. Comment prouver que tu n'en voulais pas ? Des témoins t'ont vue discuter avec lui, même cette peste de Heather pourrait l'attester.

Voilà que je parle toute seule. Je deviens folle ou quoi ? Allongée par terre, des bouts de papier éparpillés sur le plancher, misérable.

Je me relève, passe un peu d'eau fraîche sur mon visage, saisis un balai. Le téléphone sonne, je sais que c'est lui. Il ne laisse pas de message sur le répondeur.

Tant mieux. Il sonne encore – une fois, deux fois, trois fois. Je débranche tout. Un plat de pâtes, et au lit.

Stéphane, le cousin d'Éliette, m'a laissé un message. S'il savait à qui il a affaire ! Il n'aura jamais de mes nouvelles. Éliette, en revanche, ne donne plus signe de vie. Le malheur des uns est un repoussoir. Comme je la comprends.

Bam bam bam. Je rêve que je suis en train de courir et qu'une force mystérieuse m'empêche d'accélérer, comme une main invisible sur ma poitrine. Je fais du surplace tout en m'épuisant.

Bam bam bam. Il n'y a pas de porte, dans mon rêve. Ce bruit est donc bien réel. J'allume la petite lampe de chevet, jette un œil à mon réveil. Il est 23 heures. Vaseuse, je m'extirpe du lit et, en quelques pas, atteins la porte.

« *Who's this ?* »

C'est John. Il parle fort, et je crains que le propriétaire, qui vit trois étages au-dessus, ne l'entende. Que penserait-il de moi s'il savait que j'ai un visiteur de nuit ?

Je le laisse entrer, et il s'engouffre dans mon repaire, mon dernier bastion. Terrifiée, je l'invite pourtant à s'asseoir. Surtout, ne pas le contrarier. Il s'installe sur mon lit, souriant. Auparavant, je sens son regard descendre sur mon corps à moitié dénudé. Je porte un vieux tee-shirt et un short. J'essaie de garder mes distances, mais je sais bien que cela ne durera qu'un temps. Il est là pour ça, et comment l'en empêcher ? Je ne peux que faire en sorte que ce soit rapide. Qu'il obtienne ce qu'il est venu chercher et qu'il se tire. Mais mon corps ne s'y résout pas. Encore une fois. Je lui propose un verre. Il refuse. Il est très explicite : il n'est pas venu pour ça.

Il me regarde intensément. Je détourne les yeux. Il parle, je ne réponds pas. Ses mots deviennent du coton dans mes oreilles. Il se lève – mon Dieu, que va-t-il me faire ? J'invoque mon ange gardien, puisse-t-il exister. Je pense à mon père. Il lui aurait mis une sacrée torgnole. Je pense à Heather, qui l'aurait déjà mis dehors. Mais moi…

Qu'est-ce qui fait que *moi* je ne dise ni oui ni non ? Pourquoi mes cordes vocales sont-elles inertes ?

Il s'est mis debout. Il n'a pas compris à quel point il me dégoûte. Il caresse mon visage, relève mon menton. J'ai les yeux pleins de larmes, pourquoi ne les voit-il pas ? Je suis si rigide que, lorsqu'il pose une main sur mon épaule, le haut de mon corps bascule comme un poids lourd sur le lit. Il pose ses deux genoux entre mes cuisses et écrase son gros corps sur le mien, pas si frêle mais quand même. Les larmes coulent, il ne voit toujours rien. Il doit les confondre avec la sueur qui ruisselle de ses tempes. Que cela finisse vite. Que cela cesse. J'ai mal partout. Mon corps souffre. Mon cœur saigne. Je sanglote, mais l'ogre prend mes sanglots pour des soupirs de jouissance, le salaud. Qu'il rugisse et qu'il parte.

Et c'est bien ce qu'il fait, après avoir déposé un baiser brûlant sur mon front glacé de honte et d'aversion. Je te hais, tu es un porc. Enfin, la porte claque. Je reste allongée des heures, essayant d'évaluer si tout cela n'était qu'un cauchemar, attendant de voir si je vais mourir et disparaître à jamais pour ne plus être sa proie, ou si quelqu'un, un flic, un ami, un voisin, va venir me porter secours.

Mais personne ne porte secours quand on n'appelle pas à l'aide. Personne ne devine un crime silencieux.

Et d'ailleurs, il n'y a pas de crime, pas de témoin. Donc pas de victime.

Le jour se lève, je dois continuer à vivre.

13.

Des fleurs, des mots doux, des messages à l'eau de rose sur mon répondeur. Par dizaines. Tout part à la poubelle, j'efface le plus vite possible.

Avant New York, j'ai eu plusieurs amoureux. Rien de fou. Les premiers jours, les premières semaines, on croit avoir trouvé le bon. Tout est découverte, tout est surprise. Les baisers sont frais, les étreintes passionnées. Et puis, quelque chose commence à dérailler. On remarque certains détails. Il rit trop fort. Ses doigts sont boudinés. Ses copains bas-de-gamme. L'agacement va crescendo. De moins en moins envie de le voir. Il ne s'intéresse à rien. Ses fringues sentent. Jusqu'au point de rupture. On ne se supporte plus, mieux vaut en rester là. Si, si, c'est mieux comme ça. À la limite, restons amis – et encore.

Je regrette Timothée, Valentin, Sofiane ou David. Avec eux, c'était la vie normale. Maintenant, il y a l'ogre.

Je parviens à l'éviter, au prix de mille efforts. Je trouve tous les prétextes, même les plus triviaux. Par chance, ça marche. Il me laisse tranquille. Puis arrive l'heure du bilan de premier trimestre et du départ vers la France, ma bouée de sauvetage, dans trois jours seulement.

Le bilan n'est pas glorieux. Dans toutes les matières, mes notes sont moyennes. Les appréciations sèches, mais encourageantes. Marie avait bien démarré l'année. Marie était une élève prometteuse. Et puis. Quelque chose a changé. Perte de motivation ? Fatigue ? Mal du pays ? Manque d'intérêt ? Les *grades* ont baissé. Les professeurs constatent un décrochage en fin de trimestre. Quelques absences. Des devoirs bâclés, non rendus, ou pas dans les temps. Ne perds pas espoir, Marie ! Tout peut changer au deuxième trimestre. Reprends-toi. Repose-toi. Profite de ces vacances pour te concentrer à nouveau. Courage. Les professeurs des grandes universités américaines sont des maîtres dans l'art du « flinguer puis réconforter ».

La veille de mon départ, John me convoque. Je n'ai d'autre solution que d'obtempérer. Il trépigne derrière son bureau. Son pied bat le parquet comme un métronome.

« Marie, ces mauvais résultats ne te correspondent en rien. Tu es brillante. Tu avais commencé l'année sur les chapeaux de roue. Et voilà que tu t'effondres. C'est à peine croyable. Tu dois absolument te reprendre en main, faire des efforts, travailler plus.

— Je sais.

— Cette formation ne dure qu'un an, c'est court ! Tu ne peux pas la rater, ce serait trop dommage. Comment puis-je t'aider ? »

J'ai envie de lui dire : la seule façon de m'aider, c'est de disparaître. Au contraire, il se lève de sa chaise, contourne le bureau, se plante face à moi en calant une fesse sur le meuble. Le tissu de son pantalon menace de se déchirer sur son énorme cuisse. J'essaie de ne pas y penser et de rester concentrée sur mon objectif.

« Pourrais-tu parler aux professeurs pour moi ?

— C'est déjà fait, tu penses bien. Tu comptes beaucoup pour moi, tu le sais. J'ai envie de te protéger, de te pousser, aussi. Mais pour cela, il faut que tu y mettes du tien.

— …

— Tu sais ce que je risque, en t'aidant de la sorte ? Mon poste, Marie, mon poste ! Ma réputation ! Est-ce que tu le réalises ? »

Je baisse les yeux.

« Marie, tu te rends bien compte de tout ce que je fais pour toi ?

— Oui. »

Il s'approche encore, et je n'ai pas le temps d'esquiver son baiser. Un baiser dégoûtant. Un baiser obligatoire, non négociable. Je pense à mon départ pour la France demain. Là-bas, je serai libre de nouveau.

Ma mère m'observe en silence tandis que je défais ma valise. J'étais si heureuse de fouler le sol parisien, de retrouver ma chambre, de serrer mes parents dans mes bras et d'être prise dans les leurs. J'ai même embrassé mon frère, avec une tendresse qui ne nous ressemble pas.

Soudain, Maman prend la parole, comme si elle passait à l'attaque, alors que j'ai le dos tourné.

« Tu as pris du poids, non ? »

Je suis surprise et blessée. Je n'avais pas anticipé cela. Qu'elle s'en rende compte, ça, oui, je m'en doutais. Je suis sa fille. Mais qu'elle me le balance de cette façon, à peine une demi-heure après mon retour… Nous ne nous sommes pas vues depuis quatre mois. Elle pourrait faire preuve de diplomatie.

Je me retourne et la fusille du regard.

« Je ne crois pas. Et toi ? »

Ce n'est pas mon genre, de répliquer sèchement de la sorte.

« Tout de suite, tu le prends mal ! Je ne te critique pas, je te pose la question.

— Une question pas très sympathique, tu en conviendras.

— Toi qui as toujours été si mince… Je suis surprise, voilà tout ! Tu te nourris mal, c'est ça ? En même temps, c'est le lot de tous les étudiants. Vous n'avez pas le temps de cuisiner des légumes, alors vous vous gavez de plats tout prêts, gras, trop sucrés, trop salés…

— Ça doit être ça. On peut parler d'autre chose ? Quoi de neuf depuis mon départ ? »

Je pensais avoir laissé le Dean Marshall à des milliers de kilomètres ; il s'invite dans mes pensées à chaque instant. J'espérais me retrouver, me recentrer en reprenant mes habitudes parisiennes. Mais il est là, en embuscade, à chaque endroit.

Je prends un café avec une amie qui, très ordinairement, me demande si j'ai un amoureux à New York ; je réponds par la négative, mais il apparaît dans le reflet de mon verre d'eau. « Tu mens, Marie. Tu es avec moi, ne l'oublie pas. » Il me nargue, il veut m'empêcher de mentir. Je rougis, mon amie s'en aperçoit et le met sur le compte de la gêne.

« Ça va, Marie, tu peux me le dire si tu vois quelqu'un… »

Je deviens sèche et mauvaise.

« Je te dis que non, lâche-moi, maintenant ! »

Je passe au stade agressif. Elle hausse les sourcils ; elle ne m'a jamais vue comme ça. Mieux vaut prétexter un rendez-vous et partir. Décliner les autres invitations, les déjeuners, les dîners, les apéros – tout ce que j'aime d'habitude. Rester chez moi.

Oui, me reposer. Dormir autant que possible. Car, quand je dors, j'échappe à la réalité. Même si, parfois, l'ogre s'invite aussi dans mon sommeil. Même si le réveil est douloureux quand il faut, malgré tout, admettre que tout cela est bien vrai et que je dois continuer à vivre avec cette honte.

Pourquoi ne l'ai-je pas repoussé dès la première fois, et ensuite de nouveau ? Pourquoi me suis-je mise dans ce pétrin ? Comment en sortir ? Comment ?

Seul réconfort : les pains au chocolat de la boulangerie, juste en bas de la maison. Ma mère m'en apportait un tous les jours à la sortie de l'école. Est-ce qu'ils gardent un goût d'enfance ? Aujourd'hui, j'en suis à mon cinquième, et il n'est pas encore midi. À la boulangère qui me connaît depuis toujours, j'ai expliqué que c'était pour une réunion d'anciens élèves. Elle a réajusté ses lunettes en me suggérant de me faire rembourser – dix pains au chocolat, ça fait beaucoup, tout de même. Demain, j'irai à l'autre boulangerie, au coin de la grande avenue. Les viennoiseries y sont moins bonnes, mais personne ne me jugera. Je vais passer acheter quelques paquets de gâteaux, aussi. Barquettes, madeleines et Petit Prince ; ils m'ont manqué ces derniers mois. Plus j'en avale, moins je sens la boule au creux de mon estomac. Je les rangerai quelque part dans ma chambre, à l'abri des regards.

Clément me fixe avec étonnement. Mon frère est une longue gigue, le teint pâle, les cheveux frisés en pagaille. Sa seule vue m'agace profondément. Et il ne daigne toujours pas frapper avant d'entrer dans ma chambre.

« Qu'est-ce que tu trafiques toute la journée ? T'as pas des potes à voir ?

— Ça te regarde ? Je suis crevée. J'ai travaillé comme une dingue ce trimestre. Besoin de recharger les batteries.

— Tu ressembles à un zombie, ma pauvre. C'est pas ton genre, de traîner en survêt et en chaussettes...

— Écoute, Clément, je te demande ce que tu fais et qui tu vois, moi ? Tu me laisses, OK ? »

Mon frère referme la porte, et je sais que, dans la seconde, il va faire un rapport à ma mère. Il a toujours été comme ça. Une vraie balance. S'inquiète-t-il ? Peu m'importe. Il ne doit pas être le seul. Depuis la fameuse conversation concernant mon poids, ma mère marche sur des œufs. Elle fait très attention à ne pas me froisser, ne me parle que de sujets consensuels. L'architecture de New York, l'ambiance dans les rues, l'actualité politique – tout m'ennuie. Je préfère rester dans ma chambre à grignoter et regarder la télé. Et dormir.

Comment échapper à la soirée du réveillon ? Traditionnellement, mes parents réunissent la famille proche, mes grands-parents et quelques oncles et tantes qu'ils n'ont pas perdus de vue, ainsi que leurs amis intimes, avec leurs enfants. J'ai toujours adoré ce rendez-vous festif : toutes les générations se mélangent dans la joie de Noël. Chacun doit apporter un cadeau original et abordable qu'il place au pied du sapin. Les noms sont tirés au sort pour savoir qui recevra un cadeau de qui. À chaque ouverture, des cris de surprise et d'excitation électrisent le salon. Très souvent, cela finit en fou rire, avant même de passer à table, où un festin nous attend.

Cette année, très peu pour moi. Toute la journée, je tourne en rond dans mon refuge en me goinfrant de chocolat. La perspective de ripailler en faisant hypocritement semblant d'être heureuse et bien dans ma peau, non merci. Je ne saurais même pas quoi me mettre. Toutes mes robes sont désormais bien trop étriquées. Il n'y a guère que mes joggings pour tolérer mon nouveau corps.

Vers 17 heures, j'entends quelques coups timides à la porte. Juste le temps de me réfugier sous ma couette. Mon père vient prendre des nouvelles. Il veut savoir si je pourrais l'aider à préparer la table, ou si je veux me mettre en cuisine avec lui. Il se poste face à moi avec un doux sourire, enveloppant.

« Je suis un peu débordé…

— Désolée, Papa, je crois que je ne vais pas pouvoir être avec vous ce soir. Je me sens très mal. »

Mentir, encore. À mon père, qui ne me veut que du bien. Mais que dire ? Que je couche avec le directeur de l'école ? Ce n'est pas une option.

« Mais qu'est-ce que tu as, Marie ? Qu'est-ce qui se passe ? dit-il sur le ton de la confidence en s'asseyant au bord de mon lit.

— N'approche pas, s'il te plaît. Si jamais je suis contagieuse, je ne voudrais pas que tu l'attrapes. J'ai la gorge en feu et d'affreuses crampes d'estomac qui m'empêchent de me lever.

— Il y a autre chose… Que s'est-il passé à New York ? Tu es si différente…

— Tu ne vas pas me parler de mon poids ?

— J'ai laissé ma petite fille en pleine forme, et je la retrouve trois mois plus tard comme l'ombre d'elle-même. Et avec des kilos en plus, il faut bien le dire. Tu veux faire une compétition avec moi ? »

Pour la première fois depuis mon retour, je ris. Et ça fait un bien fou. Papa me serre dans ses bras.

« Allez, chérie, ne reste pas prostrée dans ta chambre toute seule. Je ne sais pas ce qui te contrarie, mais laisse-le de côté quelques heures et viens réchauffer ton cœur en famille. »

Je me laisse convaincre.

Quelques heures seulement, une parenthèse. Je redeviens Marie, celle de mon enfance, légère et rieuse. Marie adolescente, secrète et espiègle. Gourmande de vie. Ambitieuse. Dans l'action. Aimée et aimante. J'oublie l'ogre Marshall, le déracinement américain, ces étudiants avec qui je ne me lie pas, cette école qui m'isole et me stigmatise. Pourtant, dans quelques jours, il faudra boucler ma valise, quitter ce foyer la boule au ventre, embrasser les miens, garder la tête haute pour ne pas les inquiéter davantage, embarquer à bord d'un avion qui me mènera là où je ne veux plus aller, passer la douane et sourire quand le monsieur désagréable en uniforme me souhaitera « *Welcome back* », et remercier pour ne pas faire de vagues, car on se sent toujours coupable lors d'un contrôle à la frontière. Prendre le métro et retourner dans ma cage new-yorkaise.

Surtout, il faudra retourner à l'université, chaque matin, lundi, mardi, mercredi, jeudi, vendredi. Étudier. Travailler. Faire de mon mieux. Remonter la pente. Et puis, il y aura ce moment que je ne pourrai repousser indéfiniment. Celui où il me retrouvera. Je le sais, il va me traquer sans relâche.

Le pire, dans tout cela, c'est que mes parents ont insisté pour que je reste, et je me suis donc retrouvée, misérable, à les rassurer et les persuader que tout irait bien. Laissez-moi me jeter dans la gueule du loup ! J'ai embarqué la dernière dans l'avion. J'ai attendu que mon nom soit appelé dans l'aéroport pour y aller. J'étais recroquevillée sur un banc. Ma place étant dans les derniers rangs, j'ai traversé le couloir de l'avion tête baissée, sous le regard agacé et accusateur des autres passagers. Pendant sept heures, je n'ai pas fermé l'œil. J'ai zappé entre les différents films proposés, tous sans intérêt. J'ai terminé l'infâme plateau-repas sans en laisser une miette. Ça m'a occupée. J'avais mal partout, surtout aux épaules et au cou. Comme si l'on enfonçait des lames brûlantes entre mes vertèbres. Même tourner la clé dans la serrure de mon studio m'a demandé un immense effort.

Assise en tailleur sur mon lit, je ferme les yeux et j'observe mon corps. L'année dernière, j'ai tenté quelques cours de yoga et de méditation à Paris, sans vraiment accrocher. Malgré le voyage et le décalage horaire, je ne parviens toujours pas à trouver le sommeil, alors autant essayer autre chose.

Je visualise la professeure de yoga, une sublime blonde au corps ciselé et à la voix sonore, qui nous invitait à nous concentrer sur notre respiration. Juste la respiration. Juste l'air qui entre par les narines. Le ventre qui se gonfle, les poumons. Une pause. En sens inverse ensuite. Lentement. L'air qui redescend et qui finit par ressortir par les narines. Laisser partir, déposer quelque chose. C'est ce que j'essaie de faire. Fraîcheur de l'inspiration, air chaud qui ressort... Mais c'est le souffle de l'ogre, avec son odeur âcre, qui m'envahit.

Assaillie par un haut-le-cœur, j'ouvre les yeux pour chasser cette horrible sensation. Laisser les pensées aller et venir, disait-elle. Je n'en suis pas capable. Celle-là est trop violente, trop destructrice. Tant pis pour la méditation, je vais plutôt avaler un somnifère.

Welcome back to hell.

14.

C'est moi qui lui ai donné rendez-vous, cette fois. Autant ne pas tourner autour du pot, ça me fera gagner du temps. Plutôt que de me cacher quand je le vois traverser un couloir, plutôt que de rester assise à contempler, hypnotisée par le répondeur de mon téléphone où s'accumulent ses appels et ses messages en absence, plutôt que de ramasser ses lettres dans la boîte de mon immeuble, j'ai préféré prendre les devants.

Chez lui, quand sa fille n'est pas là. C'est quand même moins violent que chez moi, où il laisse son odeur, ses marques. Moins répugnant que dans son bureau, où je dois me rhabiller en vitesse et repartir comme si de rien n'était. Et puis, la présence périodique de sa fille permet de limiter les occasions de le voir, même s'il est de plus en plus demandeur de « moments à deux ». Cette expression provoque des giclées d'acide dans mon œsophage.

Ce mardi-là, de ma propre initiative, je me rends donc au bagne. Le portier me reconnaît et me gratifie d'un large sourire. Il doit bien comprendre ce qui se joue. Avant, je venais donner des petits cours ; désormais, quand je viens, la fille n'est pas là. Aurait-il l'idée de me porter secours ? La détresse se lit-elle dans mon regard ? Il est plus opportun de ne pas se mêler de ce genre de choses. Les portiers d'immeuble sont tenus au secret, c'est un des fondements de leur métier.

Chez l'ogre, c'est, sans surprise, un calvaire. Il n'y a pas d'autre mot. Il se jette sur moi et m'embrasse avec fougue, alors que tout en lui me dégoûte. Un calvaire parce que je me laisse faire et qu'il ne s'en rend même pas compte, ou qu'il fait mine de ne pas voir que jamais je ne lui rends un baiser, une caresse, un mot doux. Je suis juste là, et ma présence suffit à prouver mon consentement. Il m'enlace, et mes bras restent mous. Il me déshabille, et puis il se déshabille, je ne vais quand même pas le faire à sa place. Il prend ma main et la pose sur sa braguette. Je la retire, et ça ne change rien à ce qui se passe. Il fait sa petite affaire, je regarde le plafond, j'obéis s'il me dit de me retourner, je ne réponds pas s'il me demande si j'aime. Si ça peut le faire venir plus vite, tant mieux. Comme je n'ai aucune envie de rester allongée à ses côtés après le coït, je me précipite sous la douche. Il ne m'entend pas vomir. Il ne sait pas que j'ai envie de mourir. Dommage, la petite fenêtre de la salle de bains est scellée. J'aurais pu me jeter à travers. Je sors de chez lui, salue le portier, qui me fait un clin d'œil. Nausée absolue.

Je décide de rentrer chez moi à pied, même si cela fait une trotte. Mettre un pied devant l'autre, c'est plus difficile qu'on ne le pense. Ce n'est pas si naturel, après tout. Quand on est mal comme je le suis, vraiment mal, c'est dur d'avancer. Je dois me concentrer et regarder à terre. Deux fois de suite, je manque renverser quelqu'un. Personne ne perçoit mon désarroi, personne ne semble même me voir. New York. À bout de souffle, je m'arrête. La tête me tourne. Je lève le nez et fixe pendant un long moment une vitrine où des gens en sueur courent sur des tapis. Quelle idée. Je n'avais jamais pris le temps d'observer ces salles qui n'existent pas en France, du moins pas comme ici, à la vue de tous.

Toutes les machines sont occupées. Au second plan, on distingue des vélos d'appartement, cinq en tout. Là encore, des hommes et des femmes qui pédalent comme si leur vie en dépendait, écouteurs sur la tête, cou et dos ruisselants. Ces corps musclés, forts, beaux, oserais-je même dire, me fascinent. Je n'ai plus la force d'avancer, et je me laisse comme bercer par ce spectacle, quand une voix me sort de mon engourdissement.

« *Would you like to come in ?* »

Une jeune femme afro-américaine souriante et enjouée m'invite à la suivre dans ce mystérieux endroit. Elle est en tenue de sport – legging en Lycra noir, sweat-shirt orange et doudoune brillante.

« *My name is Anna. And you ?*

— Marie.

— *Nice to meet you, Marie !* »

Le traditionnel échange de politesses passé, Anna m'explique qu'elle travaille à la réception de ce centre de sports. Elle me propose une visite guidée que j'accepte, faute d'autre chose à faire. Je marche au radar, je crois bien que l'on pourrait me proposer n'importe quoi. Ça me changera les idées.

D'ailleurs, je me sens tout de suite plus légère. Tout est nouveau pour moi, à commencer par cette odeur âcre, mélange de sueur et de désinfectant ménager. Ensuite, le bruit puissant des tapis roulants, des vélos, les crissements et les chocs des diverses machines de musculation. Et par-dessus ce brouhaha, la musique pop de MTV, et quelques cris arrachés par la douleur de l'effort. Un froid glacial me pique, soufflé par l'air conditionné, qui ne semble déranger que moi. Anna passe en revue chaque type de machine, tout en distribuant des saluts aux sportifs. Celle-ci fait travailler les pectoraux, celle-là les ischios. Chaque groupe de muscles a sa machine. Sans oublier la variété des poids, haltères et autres accessoires de torture.

Pourquoi je pense à la torture ? Parce que les visages de ces personnes expriment une collection de grimaces de souffrances inouïes, qui pourraient, *a priori*, faire peur ? En réalité, je suis attirée. Certains corps ici s'apparentent davantage à des cuirasses.

Je ne connais rien d'eux, mais ils me semblent invincibles.

Anna est une bonne commerciale. Elle me propose un mois d'essai gratuit, sans engagement. Elle a su comprendre mon premier mouvement de recul. Non seulement cela ne rentre pas dans mon budget, mais je ne saurais par quoi commencer si l'on me lâchait comme ça dans cette salle sans me prendre par la main. Anna se montre très persuasive. Elle me donne rendez-vous vendredi soir après les cours.

« On s'entraînera ensemble ! lance-t-elle. Prends mon numéro de téléphone, et laisse-moi un message si tu as un empêchement. Et si tu n'as juste pas envie de t'entraîner, on ira boire un verre, OK ? »

Je me laisse faire. Il y a malgré tout dans son attitude quelque chose de très sincère qui me laisse désarmée.

Je n'ai pas couru depuis plusieurs semaines, par manque de courage, mais aussi par peur de croiser le Dean au détour d'un chemin à Central Park. À vrai dire, je ne sors plus beaucoup de chez moi, sauf pour assister aux cours à l'université. Dès que je peux, je me réfugie dans mon studio, même si j'ai une heure de pause, ou au moment du déjeuner. La plupart des élèves ne sauraient dire si je fais partie de leur promotion. Je pense être devenue transparente à force de me faire de plus en plus petite. Même Heather ne me regarde plus de travers : elle ne me prête aucune attention.

Les professeurs ont renoncé à me donner la parole. Les rares fois où ils m'ont interrogée, je n'ai su que répondre. Voix tremblante et larmes aux yeux, je devais avoir l'air si désespéré qu'ils sont passés sans tarder à quelqu'un d'autre. John m'a dit qu'ils l'ont sollicité à mon sujet, s'inquiétant de ma fragilité ou de ma capacité à mener à bien ces études exigeantes et difficiles. Il leur aurait répondu que je traverse un drame familial et qu'il ne faut surtout pas me stigmatiser. Il semblait heureux de me signifier son aide, comme s'il cherchait à m'imposer une bonne excuse pour notre prochain rendez-vous. Comme s'il devenait incontournable.

Le vendredi suivant, je suis bien déterminée à ne pas faire faux bond à Anna. Après les cours, j'enfile à toute vitesse un legging et un tee-shirt large, et me dirige vers la salle de sport. Elle m'attend à la porte, une tasse de thé à la main.

« J'ai cru que tu ne viendrais pas !

— Vraiment ? Je crois que tu as raison, cela dit. J'ai hésité toute la semaine... J'ai un peu le trac.

— Ne t'inquiète pas : la première fois que je suis montée sur un tapis de course, je ne savais même pas comment le mettre en route. C'est un client bienveillant qui m'a montré comment choisir les vitesses, etc.

— Je crois que tu n'imagines pas à quel point je ne suis pas sportive.

— Tu m'as dit que tu courais parfois ?

— Oui, mais là aussi, ça fait plusieurs semaines que j'ai laissé tomber. Je me suis démotivée, j'ai tout le temps la flemme. À quoi bon…

— On commence par le tapis de course, alors ! »

Anna me devance. Elle me montre les différentes fonctions de la machine.

« Commence par une vitesse modérée, et augmente la cadence lorsque tu t'en sens capable. Je vais pédaler pas loin, fais-moi signe quand tu as fini, et on essaiera autre chose. »

Je n'ose pas trop tourner la tête pour regarder mes voisins. Je règle la machine sur le niveau 4. La bande noire sous mes pieds se met à défiler, et je dois trouver mon souffle, le caler sur ma course, comme en plein air. Je retrouve des sensations. Certaines sont agréables, comme cette chaleur qui monte progressivement des pieds à la tête. D'autres moins, comme cette chair que je sens remuer au niveau de mes cuisses, du bas de mon ventre et sous mes bras.

Au bout de quinze minutes, je n'en peux plus. J'arrête en pressant le bouton rouge. Essoufflée, je me tourne vers Anna, qui pédale encore et encore. Elle est si concentrée qu'elle ne perçoit pas tout de suite mon abandon. Je me plante devant elle, tout en vidant d'un trait une bouteille d'eau. J'en rajoute un peu : pliée en deux, je me tiens les hanches en expirant bruyamment.

« Bravo Marie ! C'est un très bon début. Viens, on va s'étirer. »

Anna m'entraîne vers des tapis au sol. Là, elle m'invite à plier une jambe et à tendre l'autre, puis inversement. J'ai un peu honte de m'étirer de la sorte alors que je n'ai pas fait grand-chose. Puis nous nous asseyons en étendant les deux jambes, cette fois. Objectif : attraper les orteils. J'arrive péniblement à effleurer mes chevilles, à cause d'une décharge à l'arrière de mes cuisses.

« Respire, dit Anna. Et à chaque expiration, essaie d'avancer. »

Non, c'est trop dur. Elle écarte maintenant les jambes de chaque côté pour s'étirer en latéral. Je la regarde, sidérée.

« On travaille les bras ? »

Anna me tend des petits poids de deux kilos et saisit ceux de cinq. J'imite ses exercices consciencieusement. Elle me félicite à chaque mouvement. C'est un peu exagéré, mais ça fait du bien.

Une heure plus tard, je sors de la salle rassérénée. J'ai promis à Anna de venir au moins une fois par semaine et pris ma carte de membre.

De retour dans ma chambre d'étudiante, la réalité me rattrape. Le Dean a laissé cinq messages sur mon répondeur.

15.

Gagner du temps sans lui. Trouver un mensonge, n'importe quoi. Qu'il n'aie rien à me reprocher, qu'il ne puisse pas m'en vouloir. J'échafaude différentes stratégies pendant que mon téléphone ne cesse de sonner dans le vide. Je dois me préparer. J'en tremble. Il ne faut pas trop traîner, car il n'hésitera pas à débarquer. Lui barrer l'accès de mon domicile.

La dernière fois, en sortant de chez lui, j'ai croisé sa fille Laura sans pouvoir l'éviter. Elle a eu l'air étonné, mais semblait contente de me voir.

« Marie, mais pourquoi tu as disparu ? Ça ne te plaisait pas, de me donner des cours de français ? Ce n'est pas juste, ce que tu as fait. J'avais commencé à lire *Madame Bovary* sur les conseils de Papa. J'avais hâte de t'en parler, et puis… Plus rien.

— Désolée, Laura, j'ai eu trop de travail.

— Mais quand même. Et puis, j'ai demandé de tes nouvelles à Papa : il m'a répondu par une pirouette. Qu'est-ce que ça veut dire ?

— Je ne sais pas. Je dois y aller. »

Laura a attrapé mon bras.

« Tu fais quoi, dans le quartier ? On est loin de chez toi, là.

— J'avais une course à faire », ai-je dit en me dégageant de son étreinte.

La réponse n'a pas convaincu la jeune fille. Elle a poursuivi son interrogatoire. J'ai bredouillé et suis enfin parvenue à m'enfuir.

Une fois arrivée à la maison, j'ai appelé le Dean pour tout lui raconter. Sans surprise, il a décrété que je ne pourrais plus lui rendre visite à son domicile en journée. Le risque de croiser Laura est trop élevé, elle ne comprendrait pas – ou, au contraire, le risque qu'elle comprenne est trop grand... Je n'ai pu qu'abonder dans son sens. Il s'est alors amusé à trouver des solutions pour me retrouver en toute discrétion. Il m'a même proposé de réserver une chambre dans un motel.

Et si je partais ?

Je filerais à l'aéroport, prendrais le premier billet pour Paris. J'oublierais tout. Je raconterais la vérité à mes parents. Ils me serreraient dans leurs bras, comme une petite fille. Ou pas. Ils pourraient aussi bien me rejeter, saisis par la honte.

« Qu'est-ce qui t'a pris de coucher avec ton prof ? »

Tous ces efforts réduits à néant. Ce qu'ils ont investi dans mes études. Le temps qu'il a fallu pour les persuader de laisser leur petite fille partir au bout du monde.

Et mes amis, que penseraient-ils ? J'abandonne en milieu d'année la formation dont je leur parle depuis des mois ? Ils me trouveraient nulle, sans intérêt, grande gueule pour pas grand-chose.

Je ne peux pas.

Et puis, cette idée qui revient. Mourir.

Mais ce n'est pas si simple. J'habite au deuxième étage ; sauter par la fenêtre est exclu. Prendre des médicaments aussi : je n'ai que du paracétamol et quelques calmants. Les voies du métro ? Non plus.

Mais je sais que je ne supporterai plus sa main sur ma peau, sa salive dans ma bouche. Je ne pourrai plus faire semblant.

Enfin, une idée. Un énorme mensonge bien ficelé. Ma mère de passage à New York pour tenir compagnie à sa fille, qui lui manque tant. Elle n'irait pas à l'hôtel, elle dormirait chez moi. Voilà. C'est imparable.

Je décroche sans attendre. John est désolé de la nouvelle.

« Mais elle reste jusqu'à quand ?

— Je ne sais pas. Elle n'a pas encore pris son billet retour.

— C'est impossible ! Qu'a-t-elle dit aux douaniers ?

— Oh, tu sais, Maman, elle se débrouille toujours. Elle a dû prendre un retour flexible, pour pouvoir décaler la date comme elle voudra.

— Tu lui as parlé de nous ? »

Cette façon de dire « nous », comme si nous vivions une grande histoire. Ça m'écœure.

« Mes parents sont très conservateurs.

— Cela ne nous laisse pas beaucoup d'options… »

Je jubile.

« On se retrouvera dans mon bureau, au moins ? J'ai *besoin* de te voir.

— Je verrai en fonction de mon emploi du temps et de celui de ma mère. Je dois raccrocher ; elle arrive d'un instant à l'autre. *Bye !* »

Je me mets à rire, d'un rire nerveux, hystérique. Cette victoire, certes modeste, me ravit. Après tout, ma mère pourrait bien décider de rester jusqu'à la cérémonie de remise des diplômes, pourquoi pas ? Je serais débarrassée de lui.

L'énergie revient. C'est le moment de rejoindre Anna à la salle. Je la retrouve derrière le comptoir, lumineuse dans sa tenue de sport dernier cri. Une fois sur le tapis de course, elle me lance un défi.

« La dernière fois, tu as couru un quart d'heure. On vise vingt minutes ? »

Elle n'a pas idée des efforts que j'ai dû déployer pour m'extirper de chez moi et venir jusqu'à elle. Alors, quinze ou vingt minutes de course…

Je ne me rappelle plus comment fonctionne la machine. Avec une patience non feinte, Anna la met en marche et fixe le temps convenu.

« Voilà. C'est bien, d'avoir un but et de l'atteindre, c'est bon pour le moral. Et ton moral, j'ai l'impression qu'il n'est pas au plus haut… Donc, courir vingt minutes, je te dis que c'est ce qu'il te faut ! »

Qu'est-ce qu'elle en sait, Anna ? Elle me donne des leçons de vie, en plus ?

Je me tais et obéis. Sa bienveillance me griffe, sans que je comprenne bien pourquoi.

La machine démarre, d'abord au ralenti, puis elle accélère pour atteindre le niveau programmé. Libre à moi d'aller plus vite – ce dont je ne me sens absolument pas capable.

Les premières minutes sont terriblement longues. Chaque fois que ma basket s'écrase sur le tapis, elle fait un bruit de mécanique lourde, et, surtout, je dois me concentrer très fort pour que l'autre jambe se soulève et accepte de faire le pas suivant. Et ainsi de suite. Pied gauche, pied droit. Pied gauche, pied droit. Puis le mouvement est lancé. J'avance sans trop y penser. Sous ma peau flasque, je sens des muscles se contracter. Mes bras me préoccupent : que faire d'eux ?

Plutôt que de poser mes mains sur la barre noire poisseuse, je replie mes coudes et serre les poings.

Maintenant que je suis en ordre de marche, je dois trouver quelque chose qui accroche mon regard. Je ne peux pas observer ceux qui courent à côté de moi : d'une part cela romprait mon équilibre, je risquerais de trébucher et de tomber ; d'autre part cela ne se fait pas. Ici, chacun pour soi. On ne prête aucune attention à l'autre. Même si certains s'habillent de façon très suggestive pour exhiber leurs muscles, on fait comme si l'on ne remarquait rien.

Épier les passants. Un parfait divertissement. Je regarde défiler des couples, des enfants, des personnes seules qui se parlent à elles-mêmes, des clochards, des reines peut-être, des chiens… Tout existe dans le flux des êtres d'une rue new-yorkaise en fin de journée. Des vies se croisent au hasard.

Quand la machine s'arrête automatiquement après vingt minutes, me voilà surprise, et même déçue. Ma tête est vidée, et la transpiration me procure un certain bien-être. Je me retourne vers Anna, tout en épongeant mon front, et je lui souris de loin pour la remercier. Un long soupir me fait frémir et m'apaise. Je suis prête pour l'exercice suivant.

Nous nous installons, comme la fois précédente, sur des tapis, et Anna m'invite à faire des pompes, autant que je peux. Paumes à plat, genoux au sol, le buste tendu, relevé jusqu'au sommet de la tête.

Je suis bloquée. Si je plie mes coudes, je n'arriverai pas à me relever. D'autant qu'Anna vient de me dire d'abaisser mes hanches, ce qui a provoqué une brûlure instantanée dans mes abdominaux. J'essaie quand même. Je fais tant bien que mal une pompe. « Continue ! » crie Anna, et, malgré la force de son ordre, personne ne se retourne. Soit l'air conditionné souffle très fort et couvre sa voix, soit ils sont habitués aux injonctions quasi militaires des entraîneurs. J'en ferai deux de plus, c'est une victoire. Chaque muscle de mon dos s'est réveillé, mes vertèbres endolories par le stress ont craqué.

Vu de l'extérieur, rien n'a changé, et pourtant je sens que quelque chose se passe. Mon corps renaît à la vie.

Pendant plusieurs jours, le téléphone ne sonne plus. Je n'ai pas peur lorsque je traverse les locaux de l'école. Même si je croise le Dean, il est forcé de rester dans son rôle et de ne rien laisser paraître. Mais cela ne peut durer éternellement. Un matin, une main attrape mon bras et m'attire dans un recoin du troisième étage.

« Marie, tu me manques », chuchote-t-il.

Il ne me serre pas fort, et pourtant son étreinte me fait grogner. Les haltères. Le muscle à froid. Des étudiants nous remarquent et nous fixent avec étonnement. Le Dean Marshall s'en rend compte, mais trop tard. Son attitude est parfaitement déplacée. Il me lâche et s'éloigne. Le mal est fait.

La rumeur, qui existait peut-être déjà, enfle. Certains me regardent de travers. D'autres, sans aucune gêne, me montrent du doigt. Que se passe-t-il entre la Française et le Dean ? Ils ont l'air intime. Bien sûr, personne ne vient me rapporter les commérages, mais je les perçois. Perfides. S'ils savaient...

Lui, cela ne l'arrête pas. Il me fait convoquer par son assistante. « Pour une évaluation en cours de trimestre », m'annonce Michelle d'un air pincé. Elle aussi, elle a peut-être compris. J'y vais après les cours, la mort dans l'âme. Je lui dis que ma mère m'attend à la maison. Elle va s'inquiéter. Il n'en a que faire.

« Tu n'es plus une gamine, j'en sais quelque chose. »

Il ne pense qu'à lui, à satisfaire son désir. Il respire vite, il est tellement excité. Horreur. Je murmure un non, c'est la première fois, mais il est inaudible. Je ne crois pas que cela l'aurait arrêté. Peut-être même qu'il a bien entendu et que son excitation en a été exacerbée.

Plus une gamine, mais une chose.

Impossible d'aller en cours sans avoir lavé au préalable ce corps souillé d'odeurs et de fluides étrangers. Pourtant, c'est ma matière préférée, *reporting and writing*. La professeure avait salué mon article sur le plus vieux disquaire du Lower East Side.

Elle avait aimé mon style, simple et sans fioritures – fortement influencé par ma faible maîtrise de l'anglais. Ses compliments m'avaient remonté le moral. Pour une fois que je réussissais quelque chose.

Je contourne la salle où je suis censée me rendre et quitte l'université la tête basse. Dans le métro, je me retrouve à contre-courant. Des étudiants de ma classe me croisent, étonnés. Aucun ne m'arrête pour me demander ce que je fais là alors que notre cours démarre dans quelques minutes. Personne pour me remettre dans le droit chemin.

Après la douche, je me sens mieux. J'enfile des affaires de sport, un jogging gris et un tee-shirt blanc informe, et je file faire une surprise à Anna. Je ne viens jamais en pleine journée, elle sera contente de me voir.

Hélas, c'est un jeune homme brun très musclé qui tient la réception.

« Anna est en pause, aujourd'hui. Vous êtes une amie ?

— Non, simplement une cliente, ou une utilisatrice – je ne sais pas comment on nous appelle ici… »

Je bredouille. Il me sourit avec politesse, mais sans intérêt particulier, vérifie ma carte de membre et me souhaite un bon *workout.*

Sans Anna, je suis perdue. Je me dirige machinalement vers le fond de la salle, envisage un instant un vélo, mais recule. Je ne vais quand même pas sécher aussi le sport. Je retourne à la réception.

« Je ne sais pas quoi faire. Vous n'auriez pas un conseil à me donner ? »

Le réceptionniste lève la tête avec surprise, et une pointe d'agacement aussi.

« Pourquoi ne feriez-vous pas un cours collectif ? C'est 10 dollars de plus.

— Un cours de quoi ? Je n'ai jamais fait ça. »

Il tape sur son ordinateur en fronçant les sourcils.

« À cette heure-ci, David donne un cours de gym-boxe. Ce sont des cours de boxe, mais en version fitness. Presque de la danse moderne. Très sympa. Je vous inscris ?

— Pourquoi pas. »

J'aurais bien aimé obtenir l'avis d'Anna auparavant, mais tant pis. La salle est située au sous-sol. Plusieurs personnes sont déjà présentes, essentiellement des quadras. Elles semblent se connaître et discutent joyeusement. À l'américaine, elles me saluent avec un très large sourire qui disparaît presque instantanément. Je leur rends la pareille. Automatisme culturel et passage obligé. David, le coach, arrive. Il connaît le prénom de plusieurs des femmes présentes, me sourit avec chaleur et me demande si c'est ma première fois.

Oui, c'est une première. Comme beaucoup de choses en ce moment.

Il ne comprend pas, fait mine de ne pas avoir entendu et nous invite à pénétrer dans la salle. Là, les murs sont des miroirs qui permettent de se voir sous tous les angles. Le plancher, en bois clair, ajoute de la clarté à la pièce, surilluminée par des dizaines de spots. Je soupire en regardant mon reflet. La lumière trop forte exagère mes cernes et ma mauvaise mine. Quant à mon corps… Je préfère ne pas m'y attarder.

David branche la musique et monte le son. Haut. Très haut. Il esquisse quelques mouvements de danse pour détendre l'atmosphère. Les cheveux ras, le teint hâlé, il est un cliché à lui seul. Habillé tout en noir, les muscles moulés dans un tee-shirt en Lycra, il parle fort, tape dans ses mains pour nous motiver.

« Allez, *ladies,* on s'échauffe ! »

Au dernier rang, je peux imiter mes voisines, qui connaissent le cours par cœur. Les premiers mouvements ressemblent à de l'aérobic, comme on en voyait à la télévision avant. Sans cesser de sautiller, se balancer d'un pied sur l'autre en pliant légèrement les jambes. Facile. Petit à petit, David nous invite à taper dans l'air avec le poing droit, puis le gauche, puis à recommencer. À donner des coups de pied, le droit puis le gauche, et à recommencer. Plus fort. Plus fort. Encore.

« Recommencez ! Maintenant, avancez en trottinant et frappez ! Frappez, plus fort ! Encore plus fort ! Recommencez, allez, *ladies*, plus fort ! Imaginez que vous faites mal ! »

Faire mal ? OK. Je frappe l'air de toutes mes forces. À chaque coup virtuel, je me sens mieux.

Je respire vite, j'ai de plus en plus chaud. Les muscles de mes bras me font souffrir. Je ne sais pas si je vais tenir, mais la voix de David me porte. Il ne me laisse pas m'arrêter. Je lance une jambe, je frappe. J'ai mal et je suis bien, cette sensation m'électrise. Le sang me monte à la tête. C'est la fin du cours. Pliée en deux, les mains sur les genoux, je tente de reprendre ma respiration. Des gouttes de sueur glissent sur mon front et viennent s'écraser sur le sol. Je n'ai jamais connu une telle rage. Et ce sentiment de bien-être, désormais.

Je soupire. David me congratule. « *Good job !* » Et nous met gentiment dehors. Un autre groupe attend. J'ai à peine le temps de le remercier. Dans le vestiaire, je reste prostrée sur le banc, au milieu des femmes qui se changent à la hâte. Je voudrais encapsuler cette sensation, l'enregistrer dans ma mémoire pour vivre avec tout le temps, qu'elle ne me quitte plus. Frissons de plaisir. Mon corps suinte d'une sueur glaciale, le rythme de mon cœur est revenu à la normale. Je m'observe, je suis en paix.

Plus tard, une fois allongée sur mon lit, vient la fatigue, intense, saine, profonde, qui introduit un sommeil réparateur. Mes muscles se détendent, avant de se durcir à froid et de provoquer des crampes, mais ce sera pour le lendemain. En attendant, je peux dormir.

16.

Ma couverture ne pouvait qu'être de courte durée. Il insiste pour prendre rendez-vous avec ma mère, prétextant qu'il n'y a rien de mal à rencontrer les parents de ses élèves. Comment peut-il exiger cela de moi ? Se doute-t-il de quelque chose ? Le Dean ne comprend pas qu'elle ne se soit pas encore manifestée d'elle-même. Il m'assaille de questions, de demandes de précisions, jusqu'à ce que je rende les armes.

« Elle est partie précipitamment.

— Mais pourquoi ?

— Mon frère Clément fait n'importe quoi, mon père bosse comme un dingue et n'a pas le temps de le surveiller.

— Donc, elle le choisit *lui* plutôt que toi ? »

Touché. Même s'il n'en a aucune idée. De vieilles douleurs d'enfance, bien enfouies, remontent à la surface. Je repense à toutes les fois où j'ai dû laisser à Clément le jouet qu'il réclamait en hurlant, me taire pour qu'il puisse raconter une anecdote sans intérêt, le laisser passer en premier partout, au parc, dans le hall d'entrée de l'immeuble, au restaurant, au cinéma, partout où il décidait qu'il serait le premier, le meilleur, le plus fort et le plus bruyant. Il était prioritaire, car c'était le plus petit. L'éternel plus petit, même en grandissant.

Je me retrouve prise au piège de mon propre mensonge : si ma mère avait bien été là, à New York, avec moi, elle serait repartie par manque de mon frère. Je n'ai pas inventé cette excuse au hasard. Le Dean poursuit sur sa lancée.

« Tu sais, il faut savoir couper le cordon avec sa famille, et surtout avec ses parents. Quant à ton frère, je perçois beaucoup de ressentiment chez toi quand tu l'évoques.

— C'est vrai.

— N'oublie pas qu'on ne choisit pas un frère ou une sœur, ils nous sont imposés. Personnellement, je n'adresse plus la parole à mes frères depuis plus de dix ans, depuis que mes parents sont partis. Aujourd'hui, je ne les considère même plus comme des frères, et je ne m'en porte pas plus mal. Ce sont des gens avec qui j'ai été contraint de partager un toit il y a bien longtemps, avec qui j'ai du sang en partage, mais ça s'arrête là.

— Je vois. Je n'en suis pas là du tout. J'adore mon frère. »

Je raccroche sèchement, perturbée par cette conversation. Ma famille est si loin. Mes parents me manquent. Clément ne réalise pas la chance qu'il a. Mes amis aussi me manquent. Avec le décalage horaire, impossible de leur parler quand j'en ai envie. Et les communications coûtent si cher.

Je me sens très seule, en détresse, tentée l'espace d'une seconde, en désespoir de cause, de rappeler John pour qu'il m'emmène dîner. Après tout, cela me changerait les idées. Puis je me reprends, secoue la tête, furieuse contre moi-même. Qu'est-ce qui t'arrive ? Tu ne vas pas te jeter de nouveau dans la gueule du loup, tout de même ! Tu sais comment ça se termine, quand tu le vois ?

Je deviens folle. J'ai besoin d'évacuer, de me défouler. Ce soir il est trop tard, mais demain, à la première heure, j'irai m'entraîner à la salle avant d'aller en classe.

Le lendemain matin, pourtant, je n'ai pas le courage de me lever. À regret, je passe devant le club en admirant les sportifs en action, avant de m'engouffrer dans la bouche de métro pour me rendre à l'université. J'ai acheté en passant un café *latte* à la vanille et un bagel au *cream cheese.* Je m'installe au fond de l'amphithéâtre, sors du papier et un crayon.

Lorsque je lève le nez, je découvre Heather assise juste à côté. Je n'ai d'autre choix que de la saluer. Ses yeux bleus suspicieux me fixent, elle se mord les lèvres comme pour retenir la pique qu'elle s'apprête à me balancer. Du venin. C'est trop fort, c'est trop bon pour elle, il faut que ça sorte.

« Hello, *French lady* ! J'entends des choses à ton sujet…

— Ah oui ? Raconte ! »

Je prends un air faussement détaché. Heather se rapproche et me souffle sur le ton de la confidence :

« Tu es très proche du Dean, je crois.

— De qui ?

— Du Dean Marshall, ne fais pas semblant de ne pas comprendre.

— Écoute, Heather, laisse-moi tranquille. À un moment, je pensais qu'on pourrait être copines, mais je me suis trompée. On n'est pas obligées d'être ennemies non plus. Je vais m'installer ailleurs.

— Attends ! »

Son ton a changé. Elle attrape mon bras alors que je suis sur le point de déguerpir, me forçant à me rasseoir. Ses yeux m'accusent, mais sa voix est presque mièvre.

« Tu peux tout me dire, je ne te jugerai pas. En fait, je m'en fous, de ce qui se passe entre toi et lui. Mais autour de moi, on ne parle que de ça. Il faut que tu mettes un terme à ces rumeurs. C'est pour toi que je le dis… »

Je ne sais pas si elle est sincère et, dans le doute, je préfère esquiver.

« Je n'ai rien à te dire, Heather. Les gens peuvent bien penser ce qu'ils veulent, ça ne regarde que moi.

— Il y a donc bien quelque chose entre vous, si ça ne regarde que toi ?

— Ne me fais pas dire ce que je n'ai pas dit. »

Heather passe alors au registre de la menace. Le doigt pointé dans ma direction, elle chuchote avec agressivité :

« Je ne sais pas si c'est commun, en France, que des étudiantes couchent avec leur professeur, mais ici c'est absolument interdit. Certains ont fait de la prison pour ça. »

Au mot « prison », prononcé un peu plus fort que les autres, plusieurs étudiants se retournent. Des murmures s'élèvent de part et d'autre. Je balaie la salle du regard et reviens à Heather, avec l'espoir de lui clouer le bec une fois pour toutes.

« Merci pour ta leçon de culture américaine, je m'en souviendrai. Maintenant, si tu veux bien, le cours a commencé, et j'aimerais prendre des notes. »

Heather éclate d'un rire mauvais, attirant au passage l'attention du professeur, qui nous intime de nous taire. Me voilà bloquée pour une heure à côté de celle qui aurait pu empêcher tout ça. Son amitié comme rempart contre le Dean. Elle n'a fait qu'accentuer ma faiblesse. Le cours se passe, et j'ai bien du mal à me concentrer, submergée par la mauvaise énergie de ma voisine. Droite comme un *i*, elle s'applique à noircir des pages de commentaires tandis que mon esprit vagabonde.

Si cela devient officiel entre Marshall et moi, qui est le coupable ? Lui ou moi ?

17.

La douleur qui traverse mon torse me coupe le souffle, et je dois fournir un effort supplémentaire pour garder une respiration régulière. Quand j'expire, je remarque que j'ai un peu moins mal. Si je concentre toutes mes pensées sur cette seule expiration, je me force à ne pas abandonner.

Je ne suis pas la seule à souffrir : nous sommes une petite dizaine à suivre le cours abdos-fessiers dispensé par une jeune femme blonde à queue-de-cheval, peau bronzée aux UV et sourire éclatant. Eva se présente poliment, puis se met à nous crier dessus – et ça marche. Ça fait partie de l'expérience, personne n'ose s'arrêter. Les mains sous la nuque, allongée sur un tapis en mousse bleu à l'odeur de désinfectant, jambes repliées, je me relève, puis me rallonge, trente fois, avant de me retourner pour faire une vingtaine de pompes. Chaque fois, je me dis : « Là, c'est trop ! » Mais je m'accroche, et finis par lâcher un soupir de contentement. Victoire.

En à peine un mois, je crois que j'ai essayé quasiment tous les cours collectifs du club. Pilates, fitness, barre au sol, abdos-fessiers, je suis entrée dans une phase de frénésie sportive. Droguée de l'effort et, surtout, de l'après-effort. J'y vais tous les jours. Le week-end, il m'arrive même d'y retourner dans la soirée. Anna n'en revient pas. Je n'ai pas pu y échapper : j'ai pris un abonnement, mais avec une grosse réduction. Vu mon assiduité, ça vaut le coup. Pour me remercier, elle me propose d'aller boire un verre à quelques blocs de là, après la douche bien sûr. Je ne la connais qu'en tenue de sport, à l'accueil des clients ou à l'entraînement avec moi.

À regret, je me dirige vers les vestiaires. La promiscuité avec ces femmes, nues et sans complexes, me dérange. Chacune s'affaire devant son casier, mais toutes se toisent du coin de l'œil. Je vois des poils, de la cellulite, des peaux abîmées, mal soignées. Je sens des déodorants trop forts, des parfums entêtants, mais aussi des odeurs corporelles âcres. Dépourvue de tongs en plastique, je marche sur la pointe des pieds sur le carrelage mouillé, une serviette blanche élimée prêtée par le club nouée autour de ma taille. J'essaie de cacher mes seins et d'ouvrir la lourde porte en Plexi de la salle de douche ; de la mousse et des cheveux flottent autour de la bonde – surtout, ne pas marcher dessus. J'ai un haut-le-cœur. L'eau est encore chaude après le passage d'une autre ; son effet, ici comme chez moi, est réparateur. Je respire mieux.

Nous portons toutes les deux un jean et une veste. Anna est cependant bien plus apprêtée : elle a maquillé son visage, ce qui souligne sa beauté. Ses cheveux crépus en liberté sont magnifiques. Je regrette d'avoir attaché les miens en un chignon peu soigné. Nous nous installons au bar et commandons deux verres de vin rouge. Anna plaisante en disant que le sport est compatible avec tout, même avec l'alcool.

« Tu es heureuse, à New York ? »

Elle donne le ton : pas question de rester dans le superficiel, comme nous le faisons depuis notre rencontre à la porte de la salle.

« C'est une question difficile. Et toi, tu es heureuse, ici ?

— Moi, je suis née à Harlem. New York, c'est ma ville. Je l'aime, je la hais, elle me fatigue, c'est comme ça ! Toi, ta ville, c'est Paris. À moins que tu n'aies décidé de t'installer pour de bon ? »

Cette perspective me fait rire de bon cœur.

« Non, je pars à la fin de mon master, quoi qu'il arrive !

— Dommage. Souvent, ceux qui viennent à New York préfèrent ne jamais la quitter.

— Disons que mon expérience est différente…

— C'est-à-dire ?

— On peut parler de toi aussi, non ? Qu'est-ce que tu aimes, à New York ?

— J'aime la diversité, ce mélange des genres, même si c'est un peu cliché de dire ça. J'aime aussi cette ville parce que tout le monde y a une chance de réussir. Il suffit de bosser à fond.

— Ce n'est pas ce que j'ai perçu lorsque j'ai réalisé un reportage dans une soupe populaire. J'ai eu le sentiment que certains étaient piégés dans une trappe à pauvreté, de surcroît liée à leurs origines. Ce n'est pas à toi que je vais l'apprendre, presque tous les SDF que j'ai croisés étaient noirs. »

Anna marque une pause et baisse les yeux en soupirant.

« Je ne vais pas te faire un cours d'histoire des États-Unis. L'abolition de l'esclavage, c'était en 1865. La discrimination positive, avec l'instauration des quotas dans les entreprises et les universités, commence à porter ses fruits, mais ce n'est pas encore ça.

— Pour être honnête, j'étais choquée qu'ils me demandent ma *race* dans mon dossier d'inscription.

— Choquée ? Et pourquoi pas, si cela évite d'avoir des promotions entières de jeunes Blancs ?

— Je viens de la culture de l'universalisme. En France, on se moque bien de la couleur de peau.

— Tu parles… Tu ne peux pas comprendre.

— Je ne peux pas comprendre parce que je suis blanche et que tu es métis ? On est amies, pourtant.

— Oui, nous sommes amies. Mais tu as ton passé, et j'ai le mien. À l'arrivée, cela ne fait pas les mêmes personnes ni les mêmes chemins de vie.

— Tu te trompes, Anna.

— Encore une fois, tu ne peux pas comprendre. Mais revenons à ce que tu me disais tout à l'heure… En quoi ton expérience de l'université américaine est-elle différente de celle des autres ?

— C'est compliqué.

— Mais différente en mal ? Pas en bien, car sinon tu aimerais ta vie ici…

— Oui, je parle d'une expérience négative.

— Ce sont les étudiants de ton école ? Tu te fais harceler ?

— Non, ce n'est pas ça.

— Quelqu'un en dehors de l'école, alors ?

— Oui et non.

— Marie, on tourne autour du pot ! »

Elle commande une nouvelle tournée. Le vin me monte à la tête. Le bar s'est rempli, la température a monté d'un cran, en même temps que le volume sonore. Je gigote sur mon tabouret de bar, tordant mes doigts. Anna, à l'inverse, est très calme. Pas prête à me lâcher.

« Quelqu'un se comporte mal avec toi ? »

Je ne parviens plus à soutenir son regard. Je plisse les yeux dans l'espoir de contenir le flot de larmes qui, irrémédiablement, va me submerger. Les mots, eux, ne viennent pas. Comment le dire ? Comment l'expulser de ma bouche ?

« Je ne peux pas, non, je ne peux pas », réussis-je à murmurer en secouant la tête.

Impossible de parler, c'est trop tôt. Je ne peux pas te dire, Anna, que l'ogre m'a quasiment dévorée. Et ce qui reste, c'est quoi ? Presque rien. Il a mangé le meilleur de moi-même, mon insouciance, mon optimisme, ma joie, ma jeunesse, mes meilleures années. Tout est parti dans ses entrailles le jour où il m'a prise comme une bête dans son bureau. Et le pire, c'est qu'il a recommencé. Mais non : le pire, c'est que j'y suis allée.

Je te le dis, je ne peux pas parler. Mais face à lui, le non n'est jamais venu. Le oui non plus, tu me diras. Mais le non, ce non qui m'aurait sauvée, ce non est resté terré dans mes entrailles. Et ce soir, même alcoolisée, tu n'auras pas mes aveux.

Anna, empathique, attend que ça sorte, que je lâche ce qui me torture. Mais tout coule par mes yeux. Ce que je voudrais confesser, je le garde, une fois encore. J'y étais presque. Mais le moment n'est pas venu.

« Pleure, ça fait du bien, dit-elle en caressant ma joue. Quand tu pourras, tu me diras. Et moi aussi je te raconterai mes histoires. Parce que nous avons tous des histoires tristes, tu sais. Je vois bien que ton âme souffre, sinon tu ne te jetterais pas à corps perdu dans le sport. Mais pense à une chose, ajoute-t-elle alors que nous quittons le bar, où mon accès de larmes a fait sensation : le sport doit t'aider à te dépasser, pas à te faire mal ou te punir.

— Anna, tu ne peux pas comprendre… »

18.

En un mois, mon corps s'est métamorphosé. Je peux ressortir les vêtements avec lesquels je suis arrivée à New York. Mes muscles se dessinent sous les tissus. Je marche plus vite et sur des distances plus grandes, moi qui étais essoufflée dès que je pressais le pas. Mes bras supportent le poids des livres ou des courses sans effort. J'ai aussi recommencé à me préparer des repas équilibrés. De petites choses. Des détails. De l'énergie positive qui circule de nouveau dans mes veines.

Le Dean Marshall s'étonne de ces changements. Après de nombreux refus et annulations, je dois bien accepter de dîner en sa compagnie. Il veut m'impressionner et réserve dans un restaurant français en vogue.

« Habille-toi comme il faut », m'indique-t-il avant de me donner l'adresse.

Comme il faut ! Comme une dame, j'imagine. Pas comme une gamine. Histoire qu'on se fonde dans le décor. Soit. Je choisis une robe noire ajustée, des talons que je n'avais jamais portés. Je me fais des *smoky eyes*, j'achète un rouge à lèvres pétard et j'insiste sur le blush. Dans le miroir, je ne me reconnais plus. C'est bien ; c'est comme si ce n'était pas moi.

Il est déjà installé à une table, non loin de l'entrée. Le serveur m'indique le chemin, tandis que je perçois sur moi des regards appuyés. Le tintement des fourchettes et des couteaux ne cesse pas pour autant. Lorsque Marshall lève la tête, il prend un air sidéré.

« Marie, mais… Qu'as-tu fait ?

— De quoi tu parles ?

— Mais… Tes lèvres, tes yeux, cette dégaine, ce n'est pas toi, ça ! »

Je le défie du regard, en silence. La colère le gagne.

« Tu ressembles à… à…

— À une pute, peut-être ?

— Non ! On dirait plutôt une petite fille qui a piqué les habits et le maquillage de sa mère.

— Mais c'est bien ce que tu aimes, non ? Une petite fille qui fait des trucs de grande… »

Je n'arrive pas à croire que j'ai dit ça. C'est sorti tout seul. D'où me vient cet aplomb ? Après quelques secondes de malaise, il reprend la parole.

« Tu n'es pas une petite fille, tu as 20 ans.

— Donc, j'ai l'âge de m'habiller comme ça. *Comme il faut* pour ce genre de restaurant. C'est toi-même qui me l'as demandé. On reste ? Ou je rentre chez moi – comme tu préfères… »

Le Dean ouvre la carte d'un geste agacé, chausse ses lunettes et fronce les sourcils. On lui donnerait dix ans de plus. Au serveur qui souhaite prendre la commande, je désigne sur le menu une salade avec huile d'olive et citron. Le Dean préfère un plat de viande en sauce. Et une tarte fine aux pommes – mieux vaut commander en début de repas, car elle demande vingt minutes de préparation.

« Tu ne prends pas de dessert, tu es sûre ?

— Non, je fais attention.

— Je devrais peut-être en faire autant… »

Je m'abstiens de commenter. Son corps serait repoussant même avec trois kilos de moins.

« Tu ne crains pas de croiser une connaissance ? Il y a beaucoup de monde, ce soir », dis-je en balayant la salle du regard.

De fait, de nombreux couples, très peu de personnes en dessous de 40 ans.

« C'est un risque. Mais j'ai quand même le droit de dîner avec une étudiante avec qui je m'entends bien… Et puis, tu sais, les gens ne se mêlent pas des affaires des autres. Personne ne va me juger. Si ça les gêne, ils n'ont qu'à regarder ailleurs.

— Et Laura ?

— Laura est chez sa mère, ne t'en fais pas pour elle. »

Le sommelier nous interrompt pour que John goûte le vin. Il prend un air très concentré, plisse les yeux, penche son front vers l'avant. Il agite son verre comme un connaisseur et boit une gorgée du bout des lèvres. J'ai l'impression de voir mon père. Puis il acquiesce religieusement, tout en soulignant les notes de noisette et de fraise. Le sommelier hoche poliment la tête et se tourne vers moi.

« Mademoiselle prendra du vin ? »

Un instant, j'imagine qu'il va s'enquérir de mon âge. La vente d'alcool est interdite aux moins de 21 ans, l'âge légal de la majorité aux États-Unis. Il n'en est rien. J'accepte, et me permets même de lui indiquer de remplir mon verre de façon généreuse. Le sommelier, surpris, se tourne vers le Dean. Cherche-t-il l'assentiment du père, du tuteur, du chef de table ? John lui adresse un regard entendu.

« Il va falloir commencer à chercher un stage bientôt. Qu'en penses-tu ? La semaine prochaine aura lieu le forum de l'emploi à l'école.

— De quoi s'agit-il ?

— Pendant une journée, les principaux médias, locaux et nationaux, tiennent des stands et viennent rencontrer les élèves. Ça leur permet de présenter leur activité, de nouer des contacts et de repérer des talents.

— Il y aura des médias étrangers aussi ?

— Bien sûr que non. Mais c'est une journée importante pour les étudiants. Ça peut être l'occasion de décrocher un job. Dans ton cas, je n'irais même pas, ça ne vaut pas le coup. »

Je suis surprise. Même si je ne compte pas rester une seconde de plus dans ce pays après la remise des diplômes, je ne vois pas pourquoi je ne pourrais pas tenter ma chance.

« Pour quelle raison ?

— Tu n'as clairement pas le niveau. Ce serait une perte de temps, pour eux comme pour toi. Franchement, tu as vu tes relevés de notes, Marie ? Non, laisse-moi faire pour ton stage. Je vais t'en trouver un en deux minutes. Tous les journalistes de la place me doivent des services. Tu peux me faire confiance.

— Non, merci. Je vais me débrouiller seule.

— Tu n'y arriveras jamais ! »

Il se met à rire comme si je venais de faire une plaisanterie.

En une heure, le dîner est expédié. Ses anecdotes de salles de rédaction ne m'intéressent plus. Il gesticule, s'emballe. Il se croit irrésistible. Il imagine qu'il sait tout sur tout. J'essaie de penser à autre chose. Penser à mon retour. Il va falloir commencer à organiser mon déménagement, j'ai accumulé pas mal de livres, de babioles, de vêtements, depuis mon installation ici. Et aussi résilier mes abonnements, bien en avance pour éviter les frais.

« Tu m'écoutes ? »

Le Dean s'exaspère. Nous sommes tous les deux sous tension ; moi prête à lui aboyer dessus au moindre commentaire, lui craignant de perdre sa soirée, la finalité étant de me ramener dans son lit, lèvres trop rouges et regard charbonneux ou non.

Je pensais avoir marqué des points ce soir-là, avoir pris de l'assurance. Mais j'avais tort. Au contraire, j'ai réveillé l'ogre. Mon insolence a libéré des fantasmes qu'il n'avait pas encore exprimés.

Une fois dans son antre, il faut que je comprenne qui domine – oui, qui est le maître ici. Il prend ce qu'il veut prendre, sauvagement, avec violence. Il maintient mon front à terre en tirant mes cheveux. Je crois que le rouge de ma bouche a taché le marbre, il s'est étalé tout autour. Je crie, bien sûr, mais je ne mérite que cela – dit-il –, et puis, des cris de plaisir ou de douleur, quelle est la différence ? Pour lui c'est un jeu, corriger cette petite qui se croit grande, et puis quoi encore ? Ma petite robe noire est relevée jusqu'au-dessus de mes seins, l'ogre a arraché ma culotte – « Tu me cherches ou quoi, *bitch* ? » Quand il se déverse sur moi, il pousse un râle venu des ténèbres, une jouissance virile et puissante, et je me laisse tomber sur le sol, presque morte. La nausée me submergeant, je réussis à attraper la poubelle de son bureau pour y évacuer ma salade, mes verres de vin, et mon âme.

Comme un enfant pris en flagrant délit, il bafouille mollement des excuses. Me tend une serviette, essuie ma bouche et mon dos. M'aide à remettre ma robe, me soutient jusqu'au canapé. Les jambes en coton, j'arrive à peine à marcher. Il chuchote, prend la mesure du désastre, se raccroche aux branches dans un monologue plaintif que je préférerais ne pas écouter. Aurait-il mal interprété ma tenue ce soir ?

« Tu l'as un peu cherché, quand même… Moi, tu sais, ce n'est pas trop mon truc, je n'ai plus l'âge, et puis je suis un gros nounours, tout doux, tu le sais, tu commences à me connaître, quand même. J'aime les câlins et les marques de tendresse. Mais Marie, tu es tellement avare de tendresse. Jamais une caresse, jamais un baiser. On fait l'amour, et tu t'en vas, comme si tu prenais la fuite. C'est ta faute, tout ça ! Si tu me disais ce que tu aimes, nous n'en serions pas là ! Vous, les femmes, vous ne savez pas ce que vous voulez. Vous n'êtes jamais contentes. Tu ne pouvais pas m'arrêter, me dire que ça ne te plaisait pas ? Cela dit, c'était bon quand même, hein ? Non ? Tu n'as pas pris de plaisir, juste un tout petit peu ? Tu peux me répondre à la fin ? »

Lui répondre ? Mais je n'ai plus de mots. « Nounours. » Heureusement, les trois heures de course de cette semaine ont suffisamment musclé mes cuisses pour que je parvienne à me relever et à m'arracher de ce cauchemar.

Je hèle un taxi, souffle mon adresse au chauffeur et rentre, je ne sais trop comment, prendre une douche, avaler des somnifères et m'endormir en position fœtale sur mon lit. Les draps repliés sur ma tête, je suis dans une cabane qui me protège et me met à l'écart du monde.

Mais les médicaments n'ont qu'un effet très limité. Le bas de mon dos me fait terriblement souffrir, et mon sommeil est entrecoupé toutes les demi-heures de réveils dont j'émerge haletante. Les yeux fixés au plafond, j'implore les dieux, les anges et les fées de me laisser un peu de répit, le temps que je me renforce, le temps que je puisse lui tenir tête, que mon corps fasse barrage à ses assauts. Dans mes songes les plus agités, j'imagine le meurtre, le sang et des hurlements. La *French girl* a assassiné le directeur de son école. Dans un autre État, je risquerais la peine de mort.

Mais comment tue-t-on son bourreau ?

Avec une arme, un couteau, du poison ?

19.

Il est désolé, vraiment désolé. Je n'imagine même pas à quel point il regrette. Il a honte, il sent bien qu'il est allé trop loin. Ce n'est pas du tout lui, non, pas son genre de se comporter comme un rustre pareil.

Le Dean a changé de registre. Il a bien compris que ce n'est pas en renversant les rôles, en me faisant porter le poids de la culpabilité, que je me laisserai amadouer. Cette fois, l'affaire est grave.

J'ai besoin de transpirer ma douleur, ma haine, et surtout ma honte. Je commence par trente minutes de course sur le tapis, que j'ai réglé à la vitesse 10 sur une échelle de 1 à 15. Ça va vite. Mon attention se porte sur la régularité de mon souffle. Mon rythme cardiaque bondit. Une lame transperce le côté droit de mon ventre. Je refuse de m'arrêter pour autant. J'enfonce mes doigts là où ça fait mal, entre deux côtes, en conservant la même cadence et en exagérant ma respiration. Inspiration longue par le nez, expiration par la bouche, jusqu'à vider complètement mes poumons. Je recommence, et ça marche. La douleur s'estompe. Je relâche la pression de ma main. La demi-heure est déjà écoulée, c'est l'heure de mon cours de *fitness boxing*.

Une serviette en éponge blanche sur la nuque, je me hâte pour ne pas en rater une minute. J'embrasse rapidement Anna, qui aurait bien aimé engager la conversation. Nous nous donnons rendez-vous à la machine à café dans une heure. « *Enjoy !* » me lance-t-elle avec un grand sourire. De quel plaisir parle-t-elle ? J'essaie juste de transpirer des toxines, de me purifier.

Je vide ma bouteille d'eau d'un trait et m'installe au premier rang. David me salue d'un air distrait. Je viens toutes les semaines, et il ne m'appelle toujours pas par mon prénom. Les mouvements, je les connais. Je veux me voir dans la glace. Souffrir. Souffler. Voir mon corps en mouvement, fort. Bander mes muscles, admirer leur reflet. Ça me donne de la force, de la rage. Pendant une heure, je suis ce que je devrais être, alignée, en accord avec ma volonté. Je donne des coups de pied, mes jambes s'allongent, je ferais mal s'il y avait quelqu'un en face de moi pour de vrai. Mes poings serrés pourraient blesser quand ils frappent l'air. Mon corps entier incliné vers l'avant, à l'offensive. Comme un taureau prêt à foncer sur un drap rouge, prêt à encorner le torero. J'y arrive ici, dans cette salle exiguë aux lumières trop fortes ;

j'y arriverai bien dehors. Je tape, je tape, je te tape, je te tape, tu es un porc, tu es un porc, tu es un sale porc. Chaque coup est un soulagement.

À la fin du cours, David vient me féliciter.

« C'est fou comme tu as fait des progrès depuis la première fois. Et ton corps ! Tu dois te sentir bien, non ? »

J'acquiesce et bredouille quelques mots, pressée de partir. L'idée qu'il m'ait observée, qu'il ait noté ma transformation, me gêne profondément. Commenter mon effort, ça ne m'intéresse pas. Je n'essaie aucunement de m'améliorer, je vise la survie, rien de plus.

Et je n'ai pas eu mon compte. Oubliant Anna, je repars dans la salle principale. Trente pompes. Cinquante abdos. J'accroche des poids à mes chevilles et à mes poignets. J'ai bien l'intention de faire travailler chaque parcelle de mon corps, chaque muscle. J'oublie le temps qui passe, j'oublie même de boire, j'enchaîne les mouvements. C'est Anna qui interrompt cette séance sans fin. Elle s'agenouille à mes côtés, avec une lenteur calculée. Je repose ma tête dans un soupir, les yeux dans le vague. Anna me regarde avec compassion. Elle pose sa main sur mon épaule, ce qui me fait frissonner.

« Il serait temps que tu t'arrêtes, Marie. Tu as passé presque toute la journée ici. Tu postules pour le titre de meilleure cliente de la semaine ?

— Je n'ai pas vu le temps passer, je lui réponds dans un éclat de rire.

— Il faut y aller doucement, quand même. On dirait que tu te punis de quelque chose. Tu ferais mieux de me parler…

— Ce n'est rien, j'ai juste besoin de me vider la tête. »

Je me relève en laissant échapper un cri de douleur. Effectivement, j'ai un peu tiré sur la corde.

« Tu es bonne pour une dose de paracétamol si tu veux pouvoir marcher demain.

— Tu n'as pas à t'inquiéter pour moi, tu sais, je suis assez grande pour me prendre en main.

— Qui se préoccupe de toi, Marie ? Ta famille est loin, tu ne parles jamais de tes amis… Qui appelles-tu si ça ne va pas ?

— Qu'entends-tu par là ?

— Si tu es clouée au lit avec la grippe ? Si tu as le mal du pays et que tu te sens triste ? Je ne sais pas, moi ; on a toujours besoin de quelqu'un sur qui compter. »

Anna m'enlace. Je suis surprise par cet élan. La chaleur de ses bras menus me réconforte. Cela fait bien longtemps que ma chair n'a pas été en contact avec une peau bienveillante, une peau qui ne veut rien de moi, qui est juste là pour le réconfort.

« Merci, Anna. Si je me retrouve clouée au lit par un virus, c'est toi que j'appellerai.

— Voilà ce que je voulais entendre. Rentre chez toi prendre une douche chaude, repose-toi. Ton corps a assez donné pour aujourd'hui. Et poursuivons la discussion de l'autre soir quand tu te sens prête. »

Je pars, ragaillardie. Il est tard déjà, les New-Yorkais sortent du bureau et font leurs courses. Le supermarché est bondé, je n'ai pas le courage d'affronter la foule. Tant pis, je ne dînerai pas ce soir. De toutes façons, je suis épuisée. À la maison, j'avale un antidouleur et m'effondre sur le lit.

Le lendemain, sans surprise, mon corps est douloureux. Chaque muscle se fait sentir. J'entreprends de les étirer, un à un, patiemment. D'abord le haut du dos. Les paumes à plat sur mon bureau, bras et jambes tendus, penchée vers l'avant. Puis je me redresse, passe mon bras droit vers le côté gauche et appuie sur l'avant-bras avec la main opposée. Ça fait du mal et du bien à la fois. J'attends un peu que le muscle se relâche, puis passe à l'autre bras. Ensuite, je tourne la tête à droite, à gauche, vers l'avant, vers l'arrière, en accentuant la pression d'une main. Mon cou s'épanouit, je le sens plus flexible.

Je passe au sol, froid du matin. Revigorant. Genoux et paumes par terre, je m'étire comme un chat. Dos rond, dos plat. Dos rond, dos plat. Encore. J'en ronronnerais, si je ne sentais pas un craquement dans le milieu du dos. Une tension qui saute, comme un plomb électrique.

Assise sur le sol, je garde les jambes serrées et je tente d'attraper mes pieds du bout des doigts. Un nœud dans le bas du dos m'empêche de descendre. J'accentue ma respiration et, chaque fois que j'expire, j'essaie d'aller plus loin. Je finis avec les talons dans mes paumes, front contre le sol, petite victoire. L'étape suivante est plus difficile : même étirement, mais avec les jambes écartées. L'intérieur de mes cuisses brûle, j'attrape mes mollets, mon dos reste bloqué à mi-parcours, je siffle de rage. Ce corps qui n'obéit pas. Je me hisse sur mes pieds et déroule, vertèbre après vertèbre, jusqu'à me mettre debout, puis je lève les bras vers le ciel, me dresse sur la pointe des pieds. Marie glorieuse. Forte. Prête à en découdre.

Trop vite, la réalité me rattrape. Une fois arrivée à l'école, la surveillante de l'entrée m'interpelle.

« Marie ? Un courrier pour vous. Quelqu'un l'a laissé sous la porte du secrétariat. Nous ne sommes pas une boîte aux lettres, vous savez ? »

Qu'est-ce que j'en sais, moi ? Pourquoi quelqu'un m'écrit-il ici ? Ce doit être à propos de la bourse. La meilleure façon de me joindre, c'est là où j'étudie. L'enveloppe est blanche, mes nom et prénom en lettres noires manuscrites, d'une écriture fine et hésitante, voire tremblante. Je la décachette avec méfiance. Pourvu que ce ne soit pas une lettre d'amour de Marshall. Il n'oserait quand même pas. Trop risqué.

« *SLUT !* »

En capitales. Avec la même encre que celle utilisée sur l'enveloppe. Les lettres sont moins timides, plus insultantes. Tracées avec haine, mépris, et peut-être un peu de cynisme aussi. Quatre lettres violentes. Injustes.

Mon cœur bondit. Je plaque la carte contre mon ventre pour cacher son contenu, au cas où quelqu'un viendrait à lire par-dessus mon épaule. Mais ce mot continue de me brûler les yeux.

Quelqu'un me traite de salope. Quelqu'un me fait savoir que mon secret n'en est plus un. Quelqu'un (mais certainement plusieurs personnes) sait que je couche avec le directeur. Comment est-ce possible ?

Cette personne, garçon ou fille, m'insulte et me menace à la fois. Elle me menace de quoi ? Si elle n'a pu s'empêcher de me l'écrire, elle l'a certainement déjà dit à plein d'autres.

Heather ? Mais pourquoi ? La jalousie peut-être. La méchanceté gratuite. Quelle lâcheté.

Je glisse la carte dans ma poche, je la jetterai plus tard, loin du campus. Si jamais on la trouvait, ce serait pire.

Dans les couloirs, j'ai l'impression que tout le monde me regarde. Surtout, ne pas tomber dans la paranoïa. Tout de même, je sens une raideur dans mes épaules.

En cours de rédaction, impossible de me concentrer. Je pense et repense à ce mot, totalement obsédée.

Slut.

Je pense à mes parents. S'ils savaient que je suis devenue une paria, eux qui m'imaginaient triomphante de l'autre côté de l'Atlantique, trouveuse d'or, vivant le rêve américain.

Je serre les poings, et je sens les muscles de mes bras se tendre mécaniquement.

20.

Combien de semaines me reste-t-il à tenir avant d'être diplômée et de pouvoir rentrer dans mon pays ? Nous sommes au mois de mars. Avril, mai. Début juin, les cours s'achèvent, mais il faut attendre la cérémonie de remise des diplômes. Trois mois. Tenir.

Mes parents ont prévu de venir à New York pour l'occasion. Clément, lui, hésite à faire le déplacement. Le moment de gloire de sa sœur, je suppose qu'il préférerait s'abstenir d'y participer.

Je compte sur mes doigts, je me perds dans le nombre de semaines. Au moins ai-je déjà dépassé la première moitié de l'année. Le plus dur est fait.

Vraiment ?

À la fin d'une classe pour les étudiants étrangers, Emmy Simpson me demande de rester quelques minutes – si toutefois mon agenda me le permet. Je n'ai rien de prévu avant l'heure suivante. Elle m'invite donc à me rasseoir, tout en restant elle-même debout, les fesses appuyées contre une table. Bras croisés, elle débute par un soupir.

« Marie, comment se passe ta scolarité ?

— … Bien, je crois.

— Tu te sens à l'aise avec tes camarades, tu trouves que tu t'es bien intégrée ?

— Pourquoi me demandez-vous cela ?

— Je vais te le dire. Mais j'aimerais d'abord que tu répondes à ma question.

— Je dois avouer que j'ai du mal à me lier avec les autres étudiants. Pourtant, j'ai beaucoup d'amis en France, et je pense être très sociable. Mais ici, il y a quelque chose qui ne passe pas, et je ne me l'explique pas. »

Comme si cet aveu n'était pas assez difficile, Emmy en redemande.

« Tu ne penses pas que cela pourrait venir de toi ?

— Comment ?

— Ton attitude, peut-être ? Je crois que tu te targues d'être très proche d'un des dirigeants de l'école. Tu te vantes. Fais attention, Marie, ici nous n'aimons pas du tout les mensonges. Cela pourrait très vite se retourner contre toi.

— Mais… Je ne vois pas de quoi vous parlez.

— Je vais être très claire : arrête de faire croire que tu as les faveurs du Dean. Je le connais bien, et je sais que *jamais* il ne ferait une chose pareille. Il travaille ici depuis plus de vingt ans, c'est un ancien diplômé extrêmement respecté. Quiconque osera s'attaquer à sa réputation sera mis à la porte de cet établissement.

— Je n'ai jamais laissé entendre quoi que ce soit au sujet du Dean et de moi ! Vous devez vous tromper.

— Très bien. Prends cette conversation comme un avertissement, alors. Respecte le Dean, et tout ira bien.

— *Respecte le Dean ?...* »

Mes mains se crispent sur ma chaise, et je me lève précipitamment. Emmy se redresse aussi, elle me tient tête.

« Oui, Marie. Tu m'as bien entendue. »

Elle sait. Elle le connaît. Elle le protège. Elle me menace.

Si ça se trouve, c'est même lui qui l'a envoyée pour m'intimider. Le respecter. Faire ce qu'il me dit de faire. Sans en parler, sans l'ébruiter. Sinon...

Ou bien quelqu'un, probablement celui ou celle qui m'a adressé la lettre avec l'épouvantable insulte, est allé lui parler, semer le doute sur moi. Poursuivre son œuvre de délation à mon encontre. Quelqu'un qui veut vraiment me faire tomber.

Combien de semaines me reste-t-il jusqu'au diplôme ? Une éternité. Je dois absolument tenir. Je vais y arriver, je ne vais pas céder aux menaces ni aux insultes.

Après avoir salué Emmy, je quitte la salle, troublée. À moi de rendre le prochain coup. Je n'ai pas dit mon dernier mot.

En rentrant, je fais un détour par la salle de sport. Pas pour m'entraîner, mes muscles sont encore trop endoloris, mais pour croiser Anna. La rassurer sur mon état, aussi. Elle semble particulièrement heureuse de me voir.

« Marie ! Justement, je pensais à toi. On vient d'avoir une annulation au spa. Tu ne voudrais pas te faire masser ?

— Me faire masser ? Je… Je ne sais pas, je n'ai jamais fait ça.

— Tu vas voir, c'est génial. Tes muscles vont se détendre comme par magie. Plus de crampes !

— Je ne pense pas pouvoir me le payer… Et puis, ça dure combien de temps ? J'ai plein de devoirs.

— Trente minutes seulement, et le club te l'offre. Tu es la cliente de la semaine, celle qui est venue le plus souvent ! »

Anna éclate de rire et m'entraîne à sa suite. Après tout, pourquoi ne pas essayer ? Elle m'a déjà fait découvrir le sport, et c'était une révélation.

Au sous-sol, elle pousse une porte que je n'avais jamais remarquée. La lumière est tamisée. Une musique très douce se diffuse comme par magie, alors que les sons de la salle sont étouffés ; des bougies sont disposées un peu partout dans la pièce baignée d'une douce chaleur.

« Tu peux te déshabiller et poser tes affaires sur ce cintre. Mets-toi sur le ventre, avec une serviette sur le dos. Suzy sera là dans un instant. »

Anna s'éclipse, et je me sens stupide, seule dans cette pièce aux parfums d'huiles essentielles.

À peine allongée, j'entends que quelqu'un frappe discrètement à la porte. Une voix de femme me demande si je suis prête. Je réponds d'un oui timide. Elle entre sur la pointe des pieds et me demande si tout va bien, si j'ai mal quelque part, si la température de la pièce me convient, si j'apprécie la musique. Cela fait beaucoup de questions à la fois. J'en oublie de lui rapporter mes douleurs musculaires. Après tout, que viennent faire les clients sur cette table de massage, si ce n'est pour apaiser les maux de leur corps ?

Elle verse de l'huile chaude sur mon dos, qui se cambre par réflexe. Ses mains commencent à parcourir ma peau, le long de ma colonne vertébrale. Ses doigts dessinent des cercles avec fermeté. Je me pétrifie.

« Détendez-vous, respirez… »

Respirer ? Mais j'ai l'impression de ne plus avoir d'air. L'angoisse monte telle une vague. D'abord mes pieds qui se refroidissent, des frissons qui secouent mes jambes, et ce poids sur ma poitrine, tandis que mon visage s'enflamme. Je me répète en boucle : calme-toi, mais calme-toi, Marie, c'est juste une femme qui te masse. Ma nudité, ces mains étrangères qui me touchent, c'est insupportable. Je tremble comme une feuille. Je commence à tousser. La masseuse s'arrête.

« Quelque chose ne va pas ? »

Je me redresse, prise de panique.

« Pouvez-vous me laisser, s'il vous plaît ? »

Elle quitte la pièce précipitamment, effrayée. Je reste assise, jambes pendantes sur la table haute, en larmes. Prostrée, incapable de me rhabiller.

Au bout de quelques minutes interminables, Anna entre en trombe dans la pièce, un verre d'eau à la main.

« Pardon, Marie, c'était une mauvaise idée ! Je suis tellement désolée…

— Je voudrais tant pouvoir te raconter, Anna, mais je n'y arrive pas, c'est impossible… Mettre des mots là-dessus… Je ne peux pas.

— Je comprends, je comprends, calme-toi, ça va aller. Ton corps l'exprime comme il peut. Mais tu dois te faire aider. La seule façon, c'est de parler. Si tu ne sors pas de ton silence, tu ne sortiras pas de ton épreuve.

— Ne m'en demande pas plus, je t'en supplie. Je n'ai pas réclamé ton aide. Et surtout pas de pitié. »

Anna me regarde avec désapprobation, et je l'implore de ne pas me juger.

21.

« Marie, je savais que tu appellerais un jour… Mais pas après des mois ! Comment vas-tu depuis la dernière fois ? Toujours à New York ? »

La voix de Stéphane est chaude et enjouée.

« Oui, toujours à New York, toujours étudiante en journalisme.

— Éliette m'a dit qu'elle t'avait complètement perdue de vue. Que s'est-il passé ?

— Je suis tout le temps à l'école et je croule sous le travail. Quand j'ai du temps libre, je traîne plutôt avec des étudiants…

— Donc, tu t'es bien intégrée, finalement ? J'avais cru comprendre que ce n'était pas facile au début.

— Oui, il m'a fallu un petit temps d'adaptation. Mais maintenant c'est bon, j'ai trouvé mon rythme de croisière ! Et toi, quoi de neuf ?

— La routine du reporter. Que puis-je faire pour toi ? Tu cherches un stage dans un média, j'imagine ?

— Détrompe-toi, ce n'est pas du tout un coup de fil intéressé. Je voulais savoir si tu aimerais m'accompagner pour prendre un verre avec ma classe. Tous les vendredis, ils – enfin, *on* va boire des bières dans un pub irlandais de l'Upper West Side.

— Attends, on s'est vus *une fois* il y a des mois, puis silence radio, et tout à coup tu me proposes une *date* ? Avec tes copains, en plus ? Tu ne veux pas plutôt qu'on prenne un verre tous les deux ?

— Tu as raison, c'est peut-être une mauvaise idée...

— Ce n'est pas ce que je voulais dire, mais permets-moi d'être un peu surpris.

— C'est oui ou c'est non ?

— C'est oui. Je passerai te chercher chez toi vendredi en sortant du journal, OK ? Donne-moi ton adresse. »

Après une semaine à raser les murs en évitant de croiser les regards, à contourner le bureau de Marshall, et même à me retenir d'aller aux toilettes pour être sûre de ne rencontrer personne, vendredi arrive enfin. Jean moulant, haut noir décolleté, maquillage et cheveux soignés, je mets toutes les chances de mon côté pour avoir l'air d'une étudiante comme les autres qui sort au pub avec son copain. À 19 heures 30 précises, Stéphane sonne à ma porte. J'ai pris soin d'effacer tous les messages du Dean sur mon répondeur et débranché la prise du téléphone. Nous partons sans attendre, à pied. La nuit est douce en ce mois de mars, mais sombre. À part les grandes artères, les rues de New York sont mal éclairées. Lorsque nous approchons de notre destination, je marque un temps d'arrêt. Stéphane me regarde avec étonnement.

« Tu ne sais pas où se trouve le pub ? Je croyais que vous y alliez tous les vendredis.

— Si, bien sûr, regarde. C'est là. »

Je viens de voir Anton, un élève de ma classe, s'engouffrer dans un bar, et j'entraîne Stéphane à sa suite. Une trentaine d'étudiants sont là, bavardant joyeusement, debout ou attablés par groupes. Je prends la main de Stéphane, qui serre la mienne en retour. Le plan se déroule à perfection.

Il commande une bière, je prends un verre de chardonnay.

« Tu me présentes à tes amis ? me dit-il en souriant.

— Tu voulais qu'on passe un peu de temps tous les deux ; on peut aussi se parler... »

J'ai répondu du tac au tac, nerveuse. Pourvu que tout se passe bien. Je vide mon verre d'un trait, en recommande un direct. Stéphane engage la conversation, je suis de plus en plus tactile sous l'effet de l'alcool. Je me rapproche de lui, faisant mine d'être bousculée par d'autres clients qui prennent commande au bar. Je touche son bras plusieurs fois. Je l'enlace, riant exagérément. Je lui caresse le dos. Les autres regardent. Ça marche.

Stéphane, avec un grand sourire, se penche comme s'il allait m'embrasser. Il approche ses lèvres du creux de mon épaule, remonte le long de mon cou et susurre :

« Je joue bien le jeu, tu trouves ? Il est où, celui que tu veux rendre jaloux ? »

Puis il dépose un billet de 20 dollars sur le comptoir et tourne les talons. Je saisis son bras et m'approche de son oreille.

« Jouer ? Tu ne sais pas ce qui se joue. Pardon. Je t'en prie, reste. Ce soir, c'est une question de vie ou de mort… »

Stéphane s'écarte, surpris par la radicalité de mes propos, que je regrette d'ailleurs instantanément.

« Je vais tout te dire, et c'est très grave. Mais fais encore semblant, juste un peu. »

Il attrape ma nuque, caresse mes cheveux, m'enveloppe du regard. Je suis au bord des larmes. Je donnerais tout pour que ce soit vrai.

C'est assez. Nous partons.

Une fois dehors, loin des regards, je lâche sa main. Stéphane insiste pour m'emmener dîner. Je tente par tous les moyens d'esquiver, je feins un mal de tête, un coup de fatigue soudain. Mais ça ne marche pas. Les mots étaient trop forts. Je lui dois une explication.

« Tu m'as dit que c'était une question de vie ou de mort. J'attends des précisions.

— J'ai reçu une lettre anonyme. Avec des insultes.

— Tu as une idée de qui cela pourrait être ? Un ex, une ennemie ?

— Peut-être une fille, une Américaine qui me déteste depuis qu'elle m'a invitée un week-end à Cape Cod. Je ne me suis pas intégrée dans son groupe de copains, ça a tourné à la catastrophe.

— Mais ce n'est pas une raison pour te traiter de la sorte… Pourquoi une telle violence ? »

Je baisse la tête.

« Marie ?

— Elle pense que je couche avec le directeur de l'école.

— Et… c'est vrai ?

— Bien sûr que non !

— Pourquoi quelqu'un penserait-il cela ?

— Je n'en ai aucune idée.

— Mais tu le connais bien, ce directeur ?

— Le Dean Marshall ? Pas plus que d'autres. Il a voulu m'aider pour obtenir une bourse, c'est tout.

— C'est léger, quand même, pour fonder une telle accusation.

— Je ne sais pas, parlons d'autre chose, tu veux bien ? Et merci pour ce soir. Ils vont penser que j'ai un petit copain et me laisser tranquille, maintenant. Tout sera réglé. Laisse-moi rentrer, maintenant, s'il te plaît.

— Et me rappeler dans trois mois quand ça te chantera ? Sûrement pas. »

J'ai fini par accepter d'aller dîner. Nous sommes attablés dans un petit restaurant chinois presque vide.

J'observe Stéphane. Son regard franc, son sourire en coin, sa peau mate. Sa jeunesse. Si je n'avais pas eu de secret à cacher, j'aurais pu faire un bout de chemin avec lui. Il aurait pu me plaire. Il est journaliste, français, intelligent, drôle. Sa finesse d'esprit me désarçonne. Mais s'il savait… S'il connaissait la noirceur sale de ce que je vis.

Mon secret qui m'empêche de respirer normalement. Je sursaute quand j'entends une voix d'homme qui ressemble à celle de l'ogre. Quand la porte s'ouvre, je me retourne pour vérifier que ce n'est pas lui qui entre. Si la main de Stéphane frôle la mienne, je frémis. Je ne supporte plus le moindre contact physique. Je fais semblant. Semblant de sourire, semblant d'écouter, semblant d'être sûre de moi, quand tout ce que je voudrais, à chaque instant, c'est me terrer quelque part. Surtout, que personne ne sache, jamais. J'ai des flashs qui me terrorisent. Je vois mon corps nu, et celui de l'ogre. Comme ça, entre le riz cantonais et les litchis au sirop. Des flashs atroces qui me saisissent sans prévenir. Mes yeux deviennent vitreux, lointains, ce qui n'échappe pas à Stéphane. Il me demande plusieurs fois si tout va bien. Veut savoir à quoi je pense pour avoir un regard pareil. De nouveau, je fais semblant. Non, rien.

Je déploie des efforts qui me semblent surhumains pour donner le change, essayant d'éviter tout sujet de conversation qui risquerait de me mettre dans une situation difficile. Nous quittons le restaurant, et Stéphane insiste pour me raccompagner, même si je n'habite qu'à dix minutes à pied. Nous marchons en silence, d'un même pas. La température a chuté au creux de la nuit, j'enfonce mes mains dans les poches de mon manteau. Un instant, j'hésite à prendre son bras. C'est un geste amical, après tout, qui n'engage à rien. Mais je n'ose pas. Toujours ce secret qui m'écrase. Qui m'empêche. Lui non plus ne tente aucun rapprochement. Peut-être se doute-t-il de quelque chose. Il pourrait très bien ne pas me croire et penser que les rumeurs à mon sujet sont fondées.

Une fois devant la porte de mon immeuble, il pose néanmoins ses deux mains sur mes épaules. Avec délicatesse.

« Marie, j'espère de tout cœur que tes histoires vont s'arranger. Ne te laisse pas impressionner par une lettre anonyme. Concentre-toi sur tes études, c'est le plus important. Le reste, c'est… un détail.

— On dirait mon père.

— Pardon, je n'avais nullement l'intention de me montrer paternaliste. C'est juste… Quand je t'observe, tu me fais penser à un oiseau tombé du nid. Si fragile qu'on a envie de te prendre sous son aile. »

Je souris en détournant le regard. Il insiste.

« Vraiment ! J'en oublierais presque que tu es majeure et responsable. Un jour, tu me diras ce qui te fait si mal, ou si peur, je ne sais pas. Ou bien tu ne me le diras jamais, car tu vas disparaître. »

Je ne réponds pas, pressée d'en finir, mal à l'aise face à une conversation qui devient trop intime.

« Mystérieuse Marie… Je te laisse ici, alors. »

Stéphane me regarde sortir ma clé, pousser la porte en bois et disparaître dans le couloir étroit de l'immeuble. Attend-il de voir si je vais me retourner ? Courir dans ses bras, comme dans un film américain ? Il est peut-être tout simplement galant. Arrivée devant ma porte, je continue à sentir ses mains sur mes épaules, son regard attentionné et scrutant la vérité sur mon visage.

Sans allumer la lumière du studio, je regarde par la fenêtre, et il n'y a plus personne. Je colle mon nez contre la vitre, je tente de l'apercevoir d'un côté et de l'autre de la rue. Personne. C'est mieux comme ça.

22.

Samedi : jour libre. Au programme, sport toute la matinée, puis balade quelque part dans New York, peut-être à Brooklyn, pour le plaisir de traverser le pont et d'admirer la vue sur Manhattan. Je n'exclus pas de retourner à la salle de sport en fin de journée. Demain, même emploi du temps, avec du travail en plus. Je dois rendre dans la semaine un article très important sur une école de Harlem. Les interviews sont faites, mais il me reste à rédiger le papier. Et à le faire corriger, car même si mon anglais s'améliore nettement de jour en jour, je suis encore très loin de pouvoir écrire avec aisance.

Problème : Marshall me harcèle. Il veut me voir à tout prix, même cinq minutes. Il faut qu'il me parle, les yeux dans les yeux. C'est important – comme chaque fois. Et, comme chaque fois, j'élude. Je ne dis pas oui, je ne dis pas non. Le soir, je ne veux pas, de peur que ça se termine chez lui ou chez moi. La journée non plus, je ne veux pas. Pas question de sacrifier mes séances de sport. Ni les devoirs. Et heureusement, ça, il peut l'entendre.

Il revient à la charge sur la question du dîner. Du tac au tac – et je m'étonne encore d'avoir réussi à lui répondre cela –, je lui dis que ma dernière expérience de dîner avec lui n'a pas été *concluante*. Je n'ai pas envie de l'accompagner au restaurant. Les tête-à-tête en public, ça ne nous réussit pas. Un *take away* chez lui ? Non, vraiment... Je suis au régime, d'ailleurs je ne dîne plus. Il paraît que c'est le seul repas qu'on peut sauter.

« Alors, quoi, Marie ? Tu proposes quoi ? »

Je proposerais volontiers de ne plus jamais le revoir, une option qu'il ne semble pas disposé à entendre. Son agacement se fait sentir. Sa patience a des limites. Il soupire – il souffle, plutôt – dans le combiné. Manipulation. Je lui propose de passer demain après-midi, je ne sais pas encore à quelle heure ; cela dépendra du temps et de mon article. Il insiste, demande un rendez-vous plus précis. Il ne raccrochera pas avant. J'ai bien saisi. 16 heures ? Je sais d'avance que je n'irai pas, je trouverai une excuse. Un mensonge de plus.

Enfin, je suis libérée de lui pour quelques heures. Je me plante devant le miroir de la salle de bains. À demi nue, j'observe ce corps qui est le mien. Il change. Les épaules sont mieux dessinées. Si je contracte mon bras, mon biceps s'arrondit. Puissante, non ; forte, oui. Mes seins semblent plus petits. Tant mieux : ils en sont moins attirants. Mais, en les observant, je sens la poigne de l'ogre qui les saisit, et je dois détourner le regard pour que cette image disparaisse. Chasser ce souvenir par une pensée positive. Plus tard, j'irai muscler mon torse sur une machine. Mon corps m'appartient, et lorsque je le regarde, je ne dois pas penser à l'autre. Cesser cette association d'idées.

Ça viendra, forcément. Mon attention se concentre alors sur mon ventre, plat comme il ne l'a jamais été. Creux et creusé. Mais musclé. Des abdominaux qu'il faut entretenir, sinon ils fondent en quelques semaines, voire quelques jours. Je passe ma main pour les sentir. Je m'arrête net au niveau du bas du ventre. Cette zone, qui échappe au reflet du miroir, est trop fragile, trop évocatrice, pour que je m'en préoccupe. Je ne veux pas y penser.

J'enfile à la hâte un tee-shirt, un legging et des baskets. Un bonnet et mon gros manteau. Je n'ai que quelques mètres à parcourir. Anna m'accueille, souriante derrière son ordinateur.

« Tu es la plus matinale des étudiants, Marie ! *Well done !*

— Tu as cinq minutes ? Je voudrais te parler de quelque chose. »

Intriguée, Anna interroge du regard son collègue, qui accepte tout de suite de la remplacer. Elle m'entraîne vers la salle de détente.

« Dis-moi tout.

— J'ai besoin de gagner un peu d'argent, les fins de mois sont difficiles. J'ai donné quelques petits cours de français, mais cela n'a pas marché.

— Comment ça, *pas marché* ?

— Je ne suis pas assez patiente, disons. Bref, vous n'auriez rien à me proposer, ici ? Je me sens vraiment bien dans cette salle, je pourrais y passer mes journées.

— En jogging, sans maquillage, dans un espace climatisé sans fenêtre : c'est ça que tu aimes ? Être en dehors du monde, en quelque sorte ?

— Oui, et je ne sais pas trop vers qui me tourner. Tu as toujours été si bienveillante avec moi. Tu es ma seule amie. »

Anna rit en serrant mes bras.

« Tu exagères peut-être ? Tu as des amis à l'université aussi, j'imagine ?

— Non, aucun. Je ne dois pas être suffisamment aimable.

— Écoute, je vais demander à mon manager. La salle marche vraiment bien, donc peut-être que ça fait du travail en plus. »

Satisfaite de la réponse d'Anna, je me hâte vers les vestiaires. La salle est comble aujourd'hui, comme souvent le samedi. Le printemps approche, il faudra bientôt découvrir ces corps engourdis par l'hiver, gonflés et mous. Je les respecte, ces hommes et ces femmes qui prennent leur courage à deux mains, se motivent pour aller pratiquer du sport au lieu de boire un chocolat chaud devant la télé. Il en faut, de la volonté.

Je suis passée par là, mais, désormais, je n'attends plus que le moment où le tapis va se mettre en branle et me faire courir. Aux cours collectifs, je suis toujours à l'heure. Je m'inscris bien en avance pour avoir une place. Je le note dans mon petit agenda en cuir poli blanc, offert par mon père lorsqu'il est venu m'installer. Si mes parents voyaient comme mon corps a changé et comme cela me satisfait, ils seraient fiers de voir leur fille consentir à tant d'efforts. En cours ou en solo, je vise la perfection. Si je fais un squat, je plie mes jambes au maximum. Jusqu'à ce que la douleur me fasse remonter. Et je recommence, pour apprivoiser cette douleur, pousser plus loin, encore. Si je pouvais poser les fesses par terre, je le ferais.

Cette pensée me fait sourire. Je connais quand même mes limites. L'autre jour, j'ai failli me blesser avec des poids. Trois kilos, cinq kilos, et puis j'ai tenté les sept, et mon bras m'a fait comprendre qu'il fallait renoncer, sous peine de froisser un muscle. Tout est une question de compréhension de soi, d'écoute de son corps, ce qui, jusqu'à il y a peu, m'était absolument inconnu.

Ça me plaît d'identifier mes limites, puis de les repousser.

Et ainsi, cette puissance se concrétise : je pense au Dean Marshall, à sa corpulence grasse, à son corps repoussant. Jamais il ne pourrait faire ce que je fais en ce moment même. Jamais il n'aurait la mobilité, la souplesse pour plier les jambes de cette manière. Jamais il n'aurait la force de soulever cette charge. Je le visualise, rouge, transpirant, suintant d'un effort qu'il ne contrôle pas, furieux et empêché. Alors, qui serait le faible et qui serait le fort ? Qui dominerait l'un, qui se plierait au bon vouloir de l'autre ?

Cette image me remplit de joie, une joie malfaisante dont les petites bulles de revanche font pétiller mon cerveau. Les rôles doivent s'inverser.

Au détour d'une esplanade à Central Park se trouve une cabane en bois où l'on sert un café chaud, mais insipide. On peut aussi y acheter toutes sortes de choses à grignoter – sucreries, barres de céréales au chocolat, viennoiseries luisantes. C'est là que le Dean m'attend. Je n'ai pas pris la peine de me changer après le sport, j'ai juste enfilé un jogging par-dessus mon short, histoire de ne pas avoir froid. Et aussi de cacher mes jambes. Je sais qu'il aime les regarder, il me le dit souvent. Il les trouve fines et longues. « C'est mieux que les courtes sur pattes que l'on voit trop souvent ; celles-là feraient mieux de se couvrir. Tandis que toi, tes jambes sont un hommage à la féminité… »

Je le vois de loin, mains dans le dos, en train d'admirer les doughnuts dégoulinants. Mon arrivée l'interrompt. Il ne commande qu'un thé dans lequel il verse honteusement un sachet de sucre. Je me brûle les lèvres avec le café, mais rassure d'un clin d'œil le serveur, inquiet d'une éventuelle réprimande. Il paraît qu'une grande marque de fast-food a été condamnée à indemniser lourdement une cliente pour un café trop chaud. Nous nous éloignons tandis que Marshall me raconte cette histoire. Il fait le parallèle avec les gros panneaux jaunes que le personnel d'entretien installe à l'université après avoir nettoyé les sols. Si un étudiant glisse et tombe, l'école est tenue pour responsable. Et ça peut lui coûter très cher.

« Et un professeur qui fait du mal à une étudiante ? »

La question reste coincée dans ma gorge. Mon silence n'a toutefois pas échappé au Dean, qui attrape mon bras.

« Tout va bien, Marie ? »

En l'absence de réponse claire, il poursuit, tandis que je regarde distraitement des couples se promener, l'air léger. D'autres vies que la mienne.

« La fin du master arrive à grands pas. J'ai réfléchi à ce que tu pourrais faire l'année prochaine. Ton visa étudiant te permet de passer une année supplémentaire aux États-Unis. Je t'avais dit que je te trouverais un stage à New York, et je tiendrai ma promesse. Quel média t'intéresse le plus ?

— Je ne sais pas, je n'y ai pas encore pensé.

— Justement, j'y pense pour toi. Tu es tellement immature, Marie... On dirait une petite fille.

— ...

— Ton anglais est meilleur qu'en début d'année, mais ce n'est pas encore ça. Tu seras plus à l'aise dans une chaîne de télévision. Je peux te faire rentrer chez NY1, la chaîne locale. Ils cherchent des stagiaires, et le directeur de la rédaction est un vieil ami. Il te recevra sans problème. »

J'esquive. Je fais comme si je n'avais rien entendu. Une année supplémentaire avec lui ? Plutôt crever. Je change de sujet.

« J'ai trouvé un job après les cours.

— Pourquoi ne m'en as-tu pas parlé avant ?

— Je t'avais dit que j'avais besoin d'argent, mais les cours avec ta fille n'ont pas marché. Il a donc fallu trouver autre chose. J'ai postulé à la salle de sport, à côté de chez moi.

— Cet endroit sordide qui pue la transpiration à dix kilomètres ? Tu plaisantes ?

— Je vais assister Anna, une amie, à la réception. Guider les nouveaux clients, vérifier que les vestiaires sont propres, que les cours commencent et se terminent bien à l'heure, etc. Je commence la semaine prochaine, tous les soirs, et le week-end.

— Et tes études ? C'est la priorité ! Il ne te restera pas de temps pour travailler. Que dira ton père ?

— Tu t'intéresses à ce que pense mon père ?

— Ne mélange pas tout. C'est un engagement beaucoup trop lourd pour une étudiante de ton niveau. »

Je hausse les épaules.

« On verra bien. Si je ne m'en sors pas, j'abandonnerai.

— Je peux te donner un peu d'argent, si tu veux. »

Cette réponse me glace.

« Je vais me débrouiller. »

Il s'arrête, agacé, mécontent d'être repoussé. Peut-être devrais-je le remercier ? Il serre mon bras un peu plus fort, se voûte pour placer ses yeux à la hauteur des miens. C'est le Dean. Il me toise avec autorité, les sourcils froncés, le menton relevé, l'air menaçant.

« Tu ne comprends vraiment rien. Entre tes études et ce sous-travail, quand allons-nous nous voir ? Tu essaies de m'éviter ? C'est ça ? »

Il me serre de plus en plus fort et hausse le ton. Je sens des regards désapprobateurs. Les promeneurs doivent penser que je me prends un savon par mon père.

« Non », dis-je en rougissant, les yeux aimantés par le sol boueux. Je m'y enfoncerais comme dans des sables mouvants si je le pouvais.

« Alors, renonces-y, et je te ferai un virement. »

Nous poursuivons notre promenade et, satisfait, après avoir bien vérifié que personne ne nous observe, il aplatit sa large paume sur ma fesse gauche, la serre rageusement et glisse deux, trois mots salaces à mon oreille, des mots qui se perdent dans un brouillard de honte et de frustration. Je grelotte de froid, je dois rentrer.

« Je viens avec toi ?

— J'ai un article à rédiger pour lundi.

— C'est vrai, appelons-nous. »

Je pars en courant, mais pas en direction de chez moi. Je cours. Le plus vite possible. Le plus longtemps. Jusqu'à l'épuisement. Alors, une fois que mon corps a transpiré, évacué ma honte et tout le reste, je rends les armes. Je me laisse tomber dans l'herbe humide, peu importe. J'attends de reprendre mon souffle.

Autour, les gratte-ciel, mais au-dessus de moi, le ciel bleu de New York, limpide et pur. Reprendre des forces, refuser de me laisser abattre. Chaque fois qu'il me porte un coup, me relever.

Mon corps est mon armure.

23.

Renoncer à travailler à la salle de sport, ce serait ne plus voir Anna, perdre son amitié, et surtout ne plus pouvoir payer mon abonnement, donc cesser de muscler mon corps. Je ne peux pas le laisser détruire ça, en plus du reste.

Mon corps, c'est ma seule source d'estime de moi à présent. Il me fait tenir. Je me sens plus forte, plus résistante grâce à cette carapace. Mon corps me protège, en partie, des faiblesses de ma volonté, noyée sous l'emprise du Dean.

Pourtant, le Dean s'est montré plus que généreux. Sur mon dernier relevé bancaire, un virement de 1 000 dollars apparaît. C'est plus que j'aie jamais eu sur mon compte. Assise à mon bureau, je lis et relis les quatre chiffres en tortillant une mèche de mes cheveux. Cet argent m'embarrasse, mais c'est aussi une preuve, si jamais. Pourquoi un directeur d'école donnerait-il une telle somme à une élève ? Il aurait bien du mal à se justifier, sauf à avouer qu'il entretient une relation inappropriée avec moi.

Je dois faire attention à la façon dont je le remercie. J'allume mon ordinateur et commence à rédiger un courriel ambigu.

« Cher Monsieur,

Je vous remercie pour votre aide, à laquelle je ne m'attendais pas et qui me gêne.

Puis-je vous rembourser ? »

Vite, cliquer sur « Envoi », sinon je ne l'enverrai jamais.

Maintenant, mon article. Je n'ai pas le temps de finir la première phrase que mon téléphone sonne. Je me fige en attendant que le répondeur se mette en marche. C'est forcément lui, et il doit être furieux. Il devait être devant son écran au moment où le mail est arrivé. Sans cela, il ne réagirait pas aussi vite.

C'est bien lui. L'ogre rugit sur mon répondeur. Il hurle. Ne sait-il pas qu'il est enregistré ? C'est plus fort que lui.

« Non, mais tu es folle de m'écrire un truc pareil sur mon adresse professionnelle ? En me donnant du Monsieur, de surcroît ? Heureusement que Michelle n'a pas eu le temps de l'ouvrir. J'ai pu l'effacer. Pourquoi fais-tu semblant de ne pas savoir d'où vient cet argent ? On en a parlé pas plus tard qu'hier. Qu'est-ce que ça veut dire ? Et tu proposes de me rembourser ? Quel manque de reconnaissance ! Quand je pense à tout ce que je fais pour toi… »

Et il crie sans discontinuer, oubliant certainement qu'il s'adresse à une machine. La colère l'étrangle, il a du mal à reprendre sa respiration entre deux phrases. Je l'imagine écarlate, arrosant de postillons son téléphone, le combiné glissant de ses paumes moites. Effrayant.

Enfin, le monologue se tarit.

« Tu ne veux pas de mon aide, petite garce ? Rends l'argent et va t'épuiser dans une salle de sport minable. Tu ne vaux pas mieux. Quant à tes études, je ne donne pas cher de ton diplôme. N'essaie même pas de trouver un stage à New York : je m'occuperai personnellement de tes lettres de recommandation. »

Et il raccroche.

Le silence, entrecoupé par les bips de mon répondeur. Je ne vais pas réécouter le message. En revanche, je dois trouver un moyen sécurisé de le conserver.

Confusion. Est-ce la fin ? Comme ça ?

Je n'avais jamais envisagé qu'il mettrait un terme à notre relation. Dans mes rêves, j'étais celle qui le quittait avec fracas, le laissant désespéré de me perdre. Alors, pourquoi ce vide, ma gorge qui se serre ? Mes yeux qui s'emplissent de larmes ? Qu'est-ce qui me prend ?

L'idée même de souffrir de cette rupture ajoute à mon désarroi. Je l'attends depuis des mois – où sont la joie, le soulagement ? Est-ce que je ressens quelque chose pour lui malgré ce qu'il m'a fait subir ? Peut-on aimer son bourreau ?

En sortant de ma vie, il me renvoie à mon statut de départ : une étudiante parmi les autres, une étudiante peu douée, isolée. Il ne me protégera plus. À quelques semaines du diplôme, si près du but, ce n'est pas une bonne nouvelle.

Mais s'il claque ma porte, c'est aussi que je redeviens libre. Je peux mener une vie normale, sans honte ni peur. Je n'aurai plus de comptes à rendre, plus de mensonges à élaborer pour l'éviter. Je peux travailler à la salle de sport, rappeler Stéphane. Je reprends le contrôle de ma vie. Surtout : plus jamais je ne devrai le subir.

En me laissant, il vole mon salut. Me condamne au silence. Je ne voulais pas de lui, et je rêvais qu'un jour il le réalise. Je voulais lui faire mal, moi aussi. Comment lui briser le cœur si c'est lui qui s'en va ?

Je pousse un cri de rage, tape du poing sur mon bureau. Mais non, non ! De quel droit se permet-il de me larguer, ce pervers ? Je vaux quoi, dans tout ça ? Pas grand-chose. Bonne à faire l'esclave sexuelle, puis à me faire jeter comme un mouchoir sale pour que l'ogre aille tranquillement abuser d'autres étudiantes. Elles seront mieux que moi. Plus dociles, je ne pense pas. Plus consentantes ?

J'étudie mes options.

Dénoncer. Je pourrais parler, raconter aux autres élèves. Casser sa réputation. J'ai des preuves, à commencer par son violent message sur mon répondeur. Hélas, j'ai effacé tous les autres. Et déchiré les lettres.

C'est assez mince... Et bien sûr, pas de traces de violence physique. Au contraire, mon corps n'a jamais été aussi fort. Des muscles qui me rassurent. Ça, au moins, j'y suis parvenue. Pouvoir de ma volonté.

Je tourne en rond comme un animal en cage dans la pièce minuscule qui me sert de repaire. Je lave mes draps plusieurs fois par semaine pour faire disparaître l'odeur imaginaire de son corps. Il a marqué de son empreinte chaque lieu où nous sommes allés – peut-être à jamais. Partout je nous vois, je nous revois, je les vois, ce corps frêle, pâle, dépourvu de vie, bras ballants enfoncés dans la couette, visage figé, et par-dessus, déchaîné, ce sac de peau abîmé, déferlant en vagues écœurantes au-dessus de cette pauvre fille qui n'est autre que moi-même. Je visualise, et j'ai le cœur au bord des lèvres.

Pourtant, c'est fini. Cela n'arrivera plus.

Je m'allonge sur le parquet. Quelques vertèbres craquent. J'accentue le va-et-vient de mon souffle. Je gonfle mon ventre. Puis j'expire. Sans même y réfléchir, je commence quelques mouvements abdominaux. Soupir de bien-être. Je ressasse moins quand mon corps reprend le dessus. Je me concentre sur ce qui se durcit en moi. Peu importe que le frottement contre le sol soit inconfortable, je continue. Plus de bien que de mal. Ensuite, quelques pompes. Je m'assieds, je m'étire. Je vais taire ce secret, l'enfermer dans ma carapace de muscles, et il sera bien gardé. Personne ne saura que Marie couchait avec le Dean. Pas de honte pour mes parents, pas de critiques des étudiants, pas de justifications, pas d'explications, pas d'affrontement avec l'ogre, pas besoin de revenir sur tout ça. Le silence pour la rédemption.

24.

La vie continue comme ça pendant quelques jours, dans ce sentiment étrange de libération et d'abandon. Il a laissé un vide, c'est indéniable. Un vide que je comble à la salle de sport. J'y passe tout mon temps hors de l'école, allant jusqu'à faire mes devoirs sur place, dans le vestiaire des employés, pendant mes heures de pause. Avant et après le travail, je ne perds pas une occasion de m'entraîner. Certains exercices me semblent de plus en plus faciles. Les coaches me conseillent pour m'aider à accentuer la difficulté. Parfois, cela tient seulement à la position du corps. Souvent, il suffit d'augmenter le temps, le nombre ou la résistance. Je ne travaille plus qu'avec des poids attachés aux poignets et aux chevilles.

Je n'ai plus peur de regarder autour de moi. La plupart des clients connaissent mon prénom et me saluent avec de grands sourires. Je ne crains plus de montrer mon corps. Les leggings sont devenus ma seconde peau. Je porte des brassières moulantes. Mes complexes ont disparu.

Anna, avec sa bienveillance habituelle, ne manque pas de le remarquer.

« Tu vas mieux ! »

Oui, je vais mieux. Mais est-ce que je vais bien ?

Le Dean occupe toujours mon esprit. Je ne peux pas en rester à un message d'insultes sur mon répondeur.

Mains tremblantes, je compose donc son numéro de téléphone fixe. Il est 20 heures, je l'imagine en train de lire dans son salon beige. Nous sommes lundi, un jour où sa fille ne lui rend jamais visite. Il décroche, je l'entends avaler bruyamment quelque chose.

« Bonsoir, John.

— Marie ? Quelle surprise. Que me vaut cet appel ? Je te préviens, je ne peux pas te parler longtemps, j'achève un essai passionnant sur les médias numériques. »

Sa voix est posée. La colère semble être retombée.

« Je vais être brève, alors. Et certainement te rassurer. Je ne dirai rien de ce qui s'est passé entre nous. »

Le Dean marque une pause. Il réfléchit. Il est prudent. Plus prudent que l'autre jour, lorsqu'il a évacué sa rage sans comprendre qu'il était enregistré.

« Que s'est-il passé entre nous, selon toi ?

— Ne t'inquiète pas, je n'essaie pas de te piéger. On fait un pacte, toi et moi, le directeur d'école avec l'étudiante. Je ne dirai rien à personne.

— Tu peux dire ce que tu veux, ça m'est bien égal. Si tu me crois suffisamment pleutre pour céder au chantage… Ce serait dommage de rater ton diplôme, d'avoir fait tout ça pour rien.

— C'est bien ce que je pense. Pas besoin de menaces ni d'avertissements. Je ne veux pas que ça se sache.

— Bien.

— En échange, je te prie de ne pas me mettre de bâtons dans les roues.

— C'est-à-dire ?

— Ce diplôme, je veux l'obtenir. Je sais que je ne fais pas l'unanimité chez les enseignants, qui ne me trouvent pas au niveau. Je sais que, par le passé, tu m'as protégée. J'aimerais que cela continue. Il ne reste plus que quelques semaines, de toutes façons.

— Te protéger ? Alors qu'on ne couche même plus ensemble ? Tu plaisantes, j'espère.

— Tu ne crains pas que je t'enregistre, en ce moment ? Je pourrais rendre ta vie très compliquée, moi aussi.

— Des menaces ? Mais tu te prends pour qui, petite fille ? Vraiment, tu ne me fais pas peur. Tu es jeune, tu as beaucoup plus à perdre que moi. Viens chez moi. Tu me laisses faire ce que je veux, et je t'assure que tu l'auras, ton diplôme. »

Je ne trouve pas un traître mot à lui rétorquer. Je suis soufflée. Jusqu'où ira sa perversité ? Quelles souffrances supplémentaires entend-il m'infliger ? Le silence dure un peu, puis il reprend la parole.

« Je vais te dire, Marie : je voulais juste voir ta réaction. Je n'ai même plus envie de toi. C'est drôle, quand je t'ai repérée à l'école, je suis devenu fou de ton corps. Tes rondeurs juvéniles, ton air d'oiseau perdu, tes silences emprisonnés dans tes lèvres pincées... C'était divinement excitant. Et puis, tu t'offres comme personne. (Je frissonne de dégoût.) C'est insensé, le plaisir que tu m'as donné ! Toujours consentante, toujours partante – hein, Marie, ça ne te gêne pas que je te parle comme ça ? J'ai cru que j'étais dingue de toi. Oui, j'ai bien cru que j'étais amoureux, tiens. J'étais *obsédé* par toi. Et puis, la suite est moins originale... Comme souvent dans les relations amoureuses, je me suis lassé. *Terriblement* lassé. Tes silences m'ont oppressé. Comment savoir ce que tu penses, Marie ? Comment jauger ton plaisir si tu n'exprimes rien ? Comment continuer à caresser un corps chaud, mais inerte ? Pas de frémissements, pas de soupirs, aucune manifestation de plaisir. À force, mon désir s'est tari. Je ne te fais pas de la peine en disant cela ? De toutes façons, tu ne l'avouerais pas. Je reprends. Je n'avais plus envie de toi comme avant. Tu m'inspirais même de la pitié, avec tes histoires de bourses et d'argent, et ton enthousiasme face à un sous-job dans une salle de sport. Donc, j'ai voulu t'aider. Mal m'en a pris ! »

À ce stade, je sanglote, les lèvres serrées sur la manche de mon pull-over. Des fils de laine se collent autour de ma bouche. Réunissant toutes mes forces, je laisse échapper :

« Je ne veux pas de ton aide ! Je veux juste finir mes études et rentrer chez moi ! »

L'ogre a raccroché.

Tenir. Tenir comme dans l'effort. Même si ça fait mal, même si l'on se demande si ce ne serait pas plus simple de tout abandonner. Penser à ceux qu'on aime et qui nous aiment.

Se dépasser.

25.

Enfin arrive le jour tant attendu, celui de la traditionnelle remise des diplômes.

Le Dean n'a pas mis ses menaces à exécution. Il a peut-être même intercédé en ma faveur. Je ne le saurai jamais. L'année s'est terminée en douceur, sans heurts. Mes notes moyennes ne justifient ni de me priver du sacro-saint diplôme ni de me couvrir d'éloges. Tout juste certains enseignants m'ont-ils fait remarquer que j'avais amélioré mon niveau d'anglais.

Plus la date fatidique de la cérémonie approche, plus je m'isole. Je suis à côté de tout. À côté de l'euphorie de la fin d'année (je ne suis jamais invitée à une soirée d'étudiants). À côté de la plaque. Cela ne me dérange pas plus que ça, car j'ai bien intégré que cette année est une année blanche – ou noire ? – dans ma vie. Mieux vaut l'achever rapidement pour entamer un autre chapitre. Fermer les yeux, ne retenir que le positif, ce corps fort. J'ai construit un rempart sous ma peau. Reste à passer cette cérémonie.

Des centaines d'étudiants en robe pourpre s'affairent sur le campus à la recherche de leur place ou de celle de leur famille. Mes parents ont fait le voyage. Fiers, endimanchés, ils n'auraient raté ça pour rien au monde. Comme je m'en doutais, mon frère n'a, lui, pas souhaité venir. Trop occupé par ses examens de fin d'année. J'ai convié Anna, splendide dans un tailleur pantalon bleu ciel. Ses cheveux couleur ébène, libérés des tresses habituelles, tombent sur ses épaules avec majesté. Je la complimente sur ses talons ; elle plaisante en regrettant ses baskets habituelles.

La cérémonie doit durer plusieurs heures. Le président de l'université ouvrira les festivités après la dernière note de l'hymne américain. Puis, religieusement, chaque Dean de chaque école prononcera un discours. Enfin, le président reprendra la parole et invitera les étudiants de toutes les disciplines à jeter leur chapeau en l'air, symbole de la fin des études et du début d'une autre vie.

Mes parents se plaignent de la chaleur de cette fin juin. À New York, les températures montent et descendent très vite. Ma mère s'inquiète. Combien de temps cela va-t-il durer ? On va mourir de chaud ! Tu ne veux pas aller nous chercher des bouteilles d'eau en plus ? Anna la rassure tant bien que mal : « Vous devez être si fière de votre fille... » Mon père répond à sa place.

« Oui, elle est incroyable. Je suis tellement ému ! Je vais verser une petite larme, c'est sûr. »

Les organisateurs demandent aux étudiants de rejoindre leur place, la cérémonie va bientôt commencer. On entend des rires, des cris de joie. Certains se prennent dans les bras ; ils repartent dans leur État d'origine et se promettent de rester en contact.

Une première sonnerie retentit. Je suis installée sur une chaise peu confortable, au milieu des autres élèves de ma promotion. Personne ne m'adresse la parole. Je concentre mon attention sur Anna et mes parents. Ils me cherchent aussi du regard.

Seconde sonnerie. Les professeurs nous font face et demandent le silence. Chut. Index pressé contre la bouche. Ils ne veulent pas gâcher l'ambiance par excès d'autorité. Quelqu'un teste le micro et invite l'assemblée à se lever. L'hymne retentit, la messe commence. Je pense à mon pays.

Tolérance, exigence, soif d'apprendre, fierté. Le président fait un sans-faute. Son discours est parfait, ni trop ni pas assez. Les Deans se succèdent, complimentent les élèves. Ils estiment tous que l'année a passé trop vite, ils souhaitent bonne chance aux jeunes diplômés. Bonne chance dans ce monde où la crise économique pointe. Vous verrez que votre diplôme vous ouvrira toutes les portes. Vous êtes les meilleurs, ne l'oubliez jamais.

C'est au tour de Marshall. Malgré sa sueur et quelques kilos supplémentaires, il n'a rien perdu du panache qu'il arborait le premier jour. Le dos droit, légèrement penché en avant, il marque une pause avant de prendre la parole pour savourer le silence quasi religieux qui l'entoure. Raclement de gorge avant de se lancer. Il n'en est pas à son premier discours de fin d'année. Chaque fois, il faut se réinventer, trouver un nouveau thème fédérateur, chercher les applaudissements, justifier son poste.

« Chers étudiants masculins en journalisme, ne m'en voulez pas si, cette année, je rends un hommage particulier aux étudiantes. Tout d'abord, et j'en suis fier, elles sont plus nombreuses que vous. »

Il rit de son bon mot.

« N'oublions pas les pionnières. Et je citerai ici deux noms. D'abord, Ida B. Wells, première femme journaliste afro-américaine, dont la lutte contre la ségrégation a été admirable. Souvenez-vous quand elle a dénoncé le placement des Noirs dans les wagons fumeurs afin qu'ils ne voyagent pas avec les Blancs. C'était à la fin du XIXe siècle, l'Amérique sortait de l'esclavagisme, mais le racisme des États du Sud faisait encore loi. Quelques années plus tard, une autre grande figure émerge : Nellie Bly, la courageuse pionnière du journalisme d'investigation et, surtout, d'immersion. Elle n'a pas hésité à se faire passer pour malade mentale afin de dénoncer les conditions des femmes dans les hôpitaux psychiatriques. Et vous, que ferez-vous ? Comment exercerez-vous ce métier formidable et si nécessaire ? Jusqu'où irez-vous par passion pour votre métier ? Vous êtes l'honneur de cette profession et de cette école. Ne ternissez jamais son nom ou sa réputation. Vous en êtes les ambassadeurs ! Et bien sûr, continuez de former cette communauté soudée. Faire partie d'une même promotion, c'est accepter un lien de solidarité à vie. »

J'observe les visages concentrés autour de moi. Ferveur des débuts – le charme opère plus que jamais.

Et toi, John, comment l'exerces-tu, ton métier ? Bien au chaud derrière ton bureau. Et ce respect des femmes, d'où vient-il, si subitement ? Quant à la réputation de l'école, tu n'avais pas l'air de t'en préoccuper entre mes draps. Je m'écorche les mains à force d'y enfoncer mes ongles. Lui, féministe ? Il n'en finit plus de parler, il se régale de ses propres mots. Je sais qu'il s'adresse à moi, qu'il pointe mon manque de courage, ma personnalité trop lisse. Une petite musique odieuse bourdonne dans mes oreilles. Une bonne à rien, tu n'es qu'une bonne à rien. C'est comme ça qu'il me tenait.

Et puis, mon corps reprend le dessus. Mes muscles se tendent. Ils sont vivants, ils sont forts. C'est bien moi qui les ai façonnés, selon ma volonté. S'ils sont forts, moi aussi je suis forte. J'ai une carapace qui encaisse les coups, même virtuels.

Tout s'enchaîne. Mes jambes redevenues acier se redressent, et je jette avec une pointe de violence, il faut l'admettre, ce chapeau qui m'enserre le crâne. Liberté chérie. Ce chapeau, je le lance vers lui.

Il se trouve qu'il me regarde à ce moment – enfin, je crois –, et il a l'air surpris. Heather aussi me fixe, j'en mettrais ma main au feu. Elle, je l'ignore ; je fonce vers ma famille et mon amie. En larmes.

Personne n'a l'air de comprendre, pas même Anna, qui me félicite chaleureusement. Ses bras de sportive me serrent. Elle sait le sens de tous ces efforts.

« *You did it !*

— Oui, je n'arrive pas à le croire. C'est derrière moi. Anna, je dois te remercier : tu m'as soutenue même dans mes silences. Tu es ce qui m'est arrivé de mieux cette année.

— Je suis vraiment heureuse pour toi. Tu seras une grande journaliste. Es-tu sûre de vouloir rentrer en France ? Tu as ta place, ici.

— Je rends mon studio demain. Je ferai un dernier *workout* à la salle ce soir, avant le dîner, puis mes valises, et direction l'aéroport. Qui sait, je reviendrai peut-être un jour…

— … Pour régler tes comptes. »

Je baisse les yeux. Les comptes sont réglés. Comment en serait-il autrement ?

Mon père, qui écoute distraitement notre conversation, ne relève pas. Il se tourne vers ma mère pour commenter la cérémonie. Rien ne doit gâcher leur fierté. C'est un peu leur journée, à eux aussi.

Au loin, je repère Stéphane et lui fais signe de nous rejoindre. Il était si en retard qu'il n'a assisté qu'au lancer de chapeaux. Il embrasse tendrement mon front, me félicite.

« Comment as-tu fait pour le récupérer ? Tu l'as lancé avec une force !... Il a atterri aux pieds des professeurs.

— J'en ai ramassé un au hasard. De toutes façons, ce sont tous les mêmes. Je dois rendre la tenue tout à l'heure au loueur.

— C'est décidé, tu nous quittes ?

— Oui. J'espère qu'on se reverra à Paris. Ou ailleurs...

— La vie est longue. Bonne chance, Marie ! »

Il caresse mon avant-bras, salue Anna et mes parents, et s'éloigne.

Nous nous dirigeons vers un restaurant français dont la terrasse donne sur Central Park. J'ai réservé une table il y a trois semaines. Anna discute joyeusement avec mes parents. Elle s'entend à merveille avec ma mère, qui lui pose mille questions sur notre rencontre et sur la vie à New York. Puis, rapidement, j'entends ma mère souffler qu'elle a eu une petite fille avant moi, Lola. Pourquoi parler d'elle aujourd'hui, mon jour de lumière ? Je regarde mon père en haussant les épaules. Il en profite pour se rapprocher de moi et me prendre le bras.

« Je n'arrive pas à croire que cette année est terminée. C'est passé vite, non ?

— Plus ou moins.

— J'ai l'impression que tu n'as pas trouvé ce que tu étais venue chercher, Marie. Ai-je tort ?

— Je suis venue décrocher un diplôme prestigieux, et je l'ai fait. Que demander de plus ? Et toi, tu as passé une bonne année ?

— Comme tu changes de sujet ! Tu nous as énormément manqué. Mais te savoir ici, en sécurité, heureuse, me rassurait beaucoup. »

Je hoche la tête.

« Tu as une chance folle. J'aurais tellement aimé étudier aux États-Unis. En plus, à 20 ans… L'âge de tous les possibles ! Oui, quelle chance. J'espère que tu en es bien consciente. »

Comment lui dire ?… Il me condamne à me taire. Je le regarde avec tendresse. Il était mon meilleur confident. Mais ce secret-là, il ne pourra jamais l'entendre. Cette année nous a éloignés. Un océan s'est creusé entre nous que nous ne traverserons plus jamais.

J'ai rejoint l'armée des silencieuses, victimes honteuses du faux consentement, dont l'histoire reste à jamais tue.

Avec le temps, les cauchemars disparaissent. Les souvenirs sont plus flous, moins traumatisants. Et pourtant, ils sont bien là, tapis sous ma carapace de muscles. Mon corps est mon bouclier. Personne ne sait ce qu'il cache.

Cachée, elle aussi, au fond du tiroir de la commode de ma chambre, sous des vêtements, j'ai conservé la minuscule cassette de mon répondeur. Je ne saurais même pas comment l'écouter, c'est un modèle qui n'existe plus.

Mais elle est là. Si jamais…

Remerciements

Merci tout d'abord à Mathieu, qui sait comprendre mes mots comme personne. Son enthousiasme et son amour me portent et m'inspirent.

Je remercie Noëlle pour sa confiance renouvelée et son regard bienveillant, mais exigeant, sur mes écrits. J'aime notre binôme.

Des pensées aussi pour mes amies. Leur fidélité et leur présence m'ont réchauffé le cœur l'été dernier. J'espère que ce roman leur plaira.

Je pense à toutes les Marie qui m'entourent et qui continuent de se taire. Ce silence doit être entendu. Merci à celles qui ont osé parler : que leurs témoignages fassent enfin bouger les lignes.

pca
cmb
édition pré-presse
livres numériques

44400 Rezé

Imprimé en France par CPI
en avril 2022

N° d'édition : 63595/01
N° d'impression : 168504